迂回之路

一名建筑师关于实践的探索

[美] Eric J. Cesal 著

薛彩荣 译

电子工业出版社·

Publishing House of Electronics Industry

北京 · BEIJING

Original Title：Down Detour Road：An Architect in Search of Practice
Author：Eric J. Cesal

本书中文简体版专有出版权由 Massachusetts Institute of Technology, The MIT Press 授予电子工业出版社。未经出版者预先书面许可，不得以任何方式复制或抄袭本书的任何部分。

版权贸易合同登记号　图字：01-2011-4347

图书在版编目 (CIP) 数据

迁回之路：一名建筑师关于实践的探索 ／（美）凯塞尔（Cesal,E.J.）著；薛彩荣译
. —北京：电子工业出版社，2011.11
书名原文：Down Detour Road: An Architect in Search of Practice

ISBN 978-7-121-14669-5

Ⅰ．①迁⋯　Ⅱ．①凯⋯ ②薛⋯　Ⅲ．①建筑业－经济发展－通俗读物
Ⅳ．① F407.9-49

中国版本图书馆 CIP 数据核字（2011）第 194719 号

策划编辑：胡先福
责任编辑：胡先福
印　　刷：北京天宇星印刷厂
装　　订：三河市鹏成印业有限公司
出版发行：电子工业出版社
　　　　　北京市海淀区万寿路 173 信箱　邮编 100036
开　　本：720×1000　1/16　印张：13.25　字数：156 千字
印　　次：2011 年 11 月第 1 次印刷
定　　价：39.00 元

　　凡所购买电子工业出版社图书有缺损问题，请向购买书店调换。若书店售缺，请与本社发行部联系，联系及邮购电话：（010）88254888。
　　质量投诉请发邮件至 zlts@phei.com.cn，盗版侵权举报请发邮件至 dbqq@phei.com.cn。
　　服务热线：（010）88258888。

目 录

1 │ 引言：由迂回之路引发的思考

研究生毕业后，我像一只羽翼未丰却即将离巢的小鸟。不是我没有准备好，类似的情景我想象过。带着怯懦的眼神，惊恐地扑楞了几下翅膀，缓缓兜着圈子飞下来，却噗地一声掉到地上，令人沮丧。但这种坠落来得仓促，让我始料未及，正如我的初夜，也如我第一次遭遇心碎。

与以往波澜不惊的日子相比，最后几周的学生生涯抛给我的更多的是弧线球，在球盘旋与起落之间，我记起五年前当我初进校门，自己是如何乐观昂扬，踌躇满志。

沉浸于对生活与建筑哲学的思考之中，我踏出学术的殿堂，踉跄的步履正如酩酊大醉之人毫无章法地乱舞。对当时的情形我记忆犹深，并对目睹自己狼狈状态的人心怀歉意，但愿没有人录制我的丑态。我走的时候，天地一片黑暗，冰冷的雨水在路上结成大片的冰，明晃晃的，而树木则是黑漆漆的一片。总复习结束的第二天，我存放了自己的东西，这一天正是那个冬季最冷的一天。还有太多太多的事情需要我去做，我没有时间哀悼、停留或者思考。离圣诞节只有三天了——我上车出发了。

　　长途旅行正是思考或者至少你认为自己是在思考的绝佳时机。高速公路向远方无限延伸，一个一个的红色光点快速移动，大胆的观察转化为深沉的哲思。也许它们是为未来搭建舞台。

　　我在爸爸的房子前来了个急刹车，这所房子位于马里兰州的乡村地区，在华盛顿特区和亚特兰大之间。在姐姐和我上了大学之后，爸爸搬走

图1.1　这是建筑？

了，他建了一座苗圃——这是他的退休计划。就是在这天，我第一次发现了迂回之路。

　　总复习一结束，瞌睡就像喷嚏那样来了——及时，不可抗拒。那天，我倒在柔软的床上，枕着大枕头，试图补回那些被建筑学院竭力吞噬的睡

眠。不知道过了多久，我从睡眠中醒来，跌跌撞撞走到门口，头脑一片混沌，但最后还是清醒了过来，并发现了美之所在。

爸爸的房子处在路的尽头，在他这里只能看到一户人家和他们的一处建筑，那就是温室，它由绿色波纹状的塑料建成。夕阳落在我左肩以上的地方，它粉、紫的光线照到那塑料的波脊处，呈现出不尽相同的颜色。风很大，它肯定在那些板条上涂了油，因为温室表面波光粼粼，恰如水流之下色泽明亮的岩石。偶然间，这处建筑鲜活起来。

也许这像决赛之后的胡言乱语，但我发现自己已沉醉在这简单的温室建筑中。过去十年，我花了很长时间寻求建筑的真谛。我试着去理解、定义、建造它们，有时候还在硬纸板和苯乙烯中去捕捉它们。在整个返回的路上，我都在想，我失败了。无论是从别人的所作所为还是自己的辛苦付出中，我都没有找到建筑的真谛。"建筑"一词的定义是如此之多，我不能判定一种东西它是否能称为建筑。"建筑"这个词，一时失去了意义。

我就此搁笔，觉得这可能会为一本好书打下基础。这是一个年轻人的故事，为了抓住建筑的真谛，他进入学府深造，却发现自己一直都只是在入门处徘徊。这么说可能有点儿夸大其词，但有那么几天我的日子很不好过，温暖的工作室把我囚禁起来了，不经意间就把我逐放在世界之外。家人拥到车上去赴晚宴——为所谓的胜利庆祝（研究生毕业，却没有找到建筑的真谛）。返途中，当车子轻快地行驶在马里兰州东海岸的高速公路上时，"迂回之路"的路标让我对"建筑"一词有了更深刻的理解。我的心想停下来瞻仰一下这一清晰的路标，但我的胃却没有让我这么做，可能是因为三十天来它第一次能够饱餐一顿，也许我们可以这样理解。于是我们接着往回走。第二天我步行来到这里，来瞻仰冬日斜阳下这一与其路况并不相符的路标。步行看来是对的，因为我并无其他事情可做。十年来我第一次面对这样的问题，即：如何打发一天的时光。

还有更加困扰我的另外一个问题。我不知道路标之所以吸引我，是因为我的感伤，还是因为我觉得它本身所蕴涵的意义。这些年来，我一直试图发现我的建筑——任何建筑中所包含的意义和目的——我邂逅了这块路标，而它蕴涵了我寻求未果的东西。我坐在路边，坐在光秃秃的地面上，等待光线照到路标上，这时候它所蕴涵的意义流淌了出来。这个标志即是我的一生。曲折迁回，不知道为什么竟成为一条路的名字。蜿蜒曲折的道路并非你所愿；你选择了迁回，当你之前选择的路径堵塞、消失、遭遇轰炸或者没有其他原因仅仅是不通的时候。

图1.2 和谐并不存在

迂回之路更加曲折漫长，它往往把那些在不取此道便会错过的风景展示给我们。迂回之路丰富知识和经验，尽管有时候我们宁可选择平坦的道路。到那一时刻之前，我的生活充满了意外和错误，不知道为什么，这些东西也具有自身的意义和效力。为了我想要的生活，为了我想在31岁之前完成的事业，我在空旷无人的黑暗的路边上，坐在这一片尘土之中，没有工作，无家可归，饥寒交迫，却贪恋着这块路标。我的整个故事都蕴涵在这一与路况不符的路标之中。我的人生，我的建筑，不再是一条迂回之路。它们变成了宽广的大道。我穿着靴子（便于行走），带着一台笔记本（便于写作），有头脑（用于思想），拥有双手（可做手工）以及关爱我的人们（会关照我的其他方面）。我想，这就是一位建筑师所需要的全部。我耸耸肩膀不去理会寒冷的天气，向家中走去，开始写作。

2 | 漫无目的的建筑师

一位编辑对我说过，除非你是某个方面的专家，不然就不应该尝试着撰写与此有关的书籍。在这一方面，这个世界上没有其他人懂得比我更多，当我明白这一点时，这本书就水到渠成了。卷入了百余年来最严重的经济危机之后，我觉得我在任何领域都不是专家。韦氏字典是这样定义专家的："专家是那些精通某一领域的特殊技能或知识的人。"但我的知识与技能远远超出了一般人所拥有的那些。

在我遇到"迂回之路"的前几天，我刚通过建筑专业研究生的最后审查——这是四年之中我的第三个研究生学位。看来，我的"特殊技能"获取了高级的学位。在此之前我工作过五年左右，是一名实习建筑师，我知道我涉足的这一专业领域从我离职的时候起已经发生了巨大的变化。成年以后我第一次既不是学生也不是雇员了，在评判委员会思量了这个问题之后，我游荡回家了。我成了无业游民。2008—?的经济危机刚刚开始侵蚀圣路易斯城，位于建筑学院与我居住的公寓之间的三个街区也开始受到侵扰，而且经济危机的影响在日益加剧。在我左侧，一项建筑工程空荡荡地站在那里。我经常路过的咖啡馆看上去也人满为患。学院里，同学们的身心都慢慢渗入到这个世界中，尽管这个世界对他们的参与表现得并不热情。

过去我获得过工商管理的硕士学位，虽然算不上这方面的专家，但据我掌握的知识来看，金融与经济领域将要经历一次非同寻常的大衰退。我也知道，民众意识到这一点，各大名嘴的恐慌传染到民众的身上，还需要好几个月的时间。数年来，金融界的人们一直谨慎地盯着这个泡泡膨胀，知道它的破灭将摧毁人们对经济和社会多方面的信仰。这个泡泡与以前那些泡泡不一样。

人们没有对这次经济危机进行命名，这一事实使我觉得它更为复杂。我们经历过"大萧条"，日本经历过"失去的十年"。我知道十年以后眼下的危机也会有它自己的称谓，尽管这一称谓听来黯淡萧条，但其表意明确。我没有时间为那些抓住细节不放的策士想一个名字出来，我把它叫作"大衰退"。下面我将解释这一称谓。

从理论上来说，我们不难理解大衰退的基础以及它与以往经济衰退不同的原因。任何自由运行的经济体都会经历繁荣与衰落循环往复的过程。我们对经济发展的反复无常已经具备了更强的操控能力，但在某种程度上，这些总难以避免。经济的繁荣是围绕着以下事件进行的：一种新发现、一项新技术以及社会的变革。人们在加利福尼亚发现了金子，发明了个人电脑，战争结束，以及其他什么事都有可能促进经济的繁荣。开始的时候，当其他人还不明就里而自己敢于跳上四轮马车的勇士以及富有远见的人，数量是很有限的。这些都是早期的投资者——他们在1981年就开始对微软投资。随着技术的推广，少数人的冒险行为得到了肯定；大众开始看到少数人的做法是正确的：加利福尼亚的确有金子，而网络确实有用。于是，更多的人开始对这些东西产生兴趣。

对新事物感兴趣的人越来越多，它们的价格就升高了。因为在高峰期对此狂热的人太多了，所以就产生了*通胀*，即：在这个交互的、并不疯狂的世界里，这些东西的价格超出了它的真正价值。最近发生在90年代的IT界的一个事例最容易理解：有些人看上去非常理性，但他们买入了新兴公司的股票，这些公司没有产品，没有办公室，发展毫无计划。他们将为此付出沉重代价。

价格太高了，市场会进行更正，在某一时刻，市场的表现将与这一观点相符。在经济繁荣的晚期，价格会回落，一直到通胀的售价跌到与其实际价值相符的水平。

有趣的是，几乎是在任何时候，价格都没有回落到零。尽管衰退严重，我们还是从中获益匪浅。毕竟，首先要重新恢复经济，这可需要有强大的东西作为支撑。1849年的淘金热之后，很多人都失望了，他们发现自己不会一夜暴富，但是，我们还有加利福尼亚。当IT的泡泡破裂的时候，很多人都还记得自己刚刚洗过澡，一天才开始，但是，当这天结束的时候，它又复苏了，为我们提供了遍布全球的即时通讯。作为一个社会，一种文化，我们取得了很大的进步和发展。

经济学家经常把当下的经济衰退与"大萧条"或者"荷兰的郁金香泡沫"对比，认为它的商品存在风险，不含有潜在的价值，这是它的不同之处。商品价格已经跌落到零。抵押贷款证券听上去恰如其名——一种以抵押为支撑的证券。抵押只是对支付一定数额的金钱的承诺。一旦抵押人决定违背承诺，抵押与证券实际上就只是一张印有这些东西的纸张了。当然，你可以找另外的买家，但是，这张纸只不过从法律上授予他们一所20万美元的房子，所以谁会愿意付40万美元去买一张纸呢?

2008年下半年，公众接触到一些新的术语：套利交易、保险、信用违约交换，所有这些都是一回事，它们只是为了我们达成某些目的而产生的，都是同意支付的承诺。一旦承诺打破，剩下的就只是一捆纸。没有土地，没有产品，没有专利。

正是因为如此，经济学家、专家及政客才认为"大衰退"与其他经济危机迥然不同，也正因为如此，接下来的复苏也会与20世纪80年代或者90年代早期以及2001年的经济衰退之后的复苏大不相同。我们会重新调整购物的方式，重审购物的原因——而不是等到迷雾散去再去消费。

这与建筑师和其他方面的设计人员密切相关，因为我们涉足的工作对象价值不菲。购买房产的决定对于大多数人来说都是目前所做出的花费最高的一种决定。即使对于一个机构或政府来说，买下一栋建筑也并非儿戏。这些决定的做出一般并不是出于一时的冲动，人们也很少以现金的形式进行交易，而用贷款。社会对建筑的需求不会消失，但我们应从根本上好好想想我们交易的方式和购买的原因了。作为建筑师，我们也必须对自己的方法进行重新思考以应对新的局面，而不是空等事态好转。

经济局势的影响从新闻以及我的就业前景中都可以渗透出来。我对雷曼兄弟控股公司的破产感到惊讶。但当时我正在为建筑学硕士的学期论文而努力攻读，对这一事件没有太多的时间去思考。经济发展从活力四射到骤然崩塌，我开始把"大衰退"理解为一场文化运动，而并非仅仅是一个金融事件。"大萧条"可能不会再发生了——但是"大衰退"将跟"大萧条"一样改造我们。它将重塑我们的价值观、喜好以及政治。它甚至可能改变我们的建筑。世界上最富有的国家所拥有的财富并非来源于其劳动与产品，这是危机产生的根源。我们大部分的"财富"都源自想象，除此之外我找不到更好的词来表述。"财富"产生于金融、法律或者政治的重复表达。以前，我们通过劳动、发明和工业发展来创造财富，现在我们通过虚拟世界和政策推行来创造。我们的国家只是在沙滩上堆了一座城堡。

这座城堡运行于金融与设计的各个领域，又将如何坍塌呢？国家中人们的生活方式将退回到更为集中和自律状态中去，看来这是合乎逻辑的，各位政客解释起来也更加合理。从最广义的范围来讲，我们更加相信和依赖看得见摸得着的东西。与其把生活积蓄源源不断地投入不断膨胀的带有很大投机性的房产市场，美国人可能会发现储蓄账户的那些质朴的优点。美国人可能会重拾价值的简单概念，而不是把无限的贷款投资到风险日益增大的商业活动中去。

现在的美国人希望建筑环境变得更好，他们不太可能跟上一代人一样混淆"浮华"和"漂亮"。他们不再将房屋视为赚钱的途径，而是把它看作安全感的源头。他们不愿意抽回对居住空间的投资以换取小额短期的赋税优惠。他们可能意识到这样一个事实：他们以子孙后代的未来为代价，换取了一次短暂的小小的狂欢。

作为一个国家，我们生于危难，我们知道世界会改变我们。随着专业地形学的改变，建筑也必须改变。在经济不景气的时代，建筑师总是不得不略作变通。除了做好"减少20%的员工，降低测试次数"之外，这通常是经济萧条期萦绕在建筑师心头的大事，我们还必须意识到这样一个事实：我们是处在文化与心理的分水岭上。作为文化的捍卫者和领跑者同时也是建筑环境的舵手，我们必须思考这一事实将如何改变我们——它必须如何改变我们。

在我撰写论文的那个学期，我一直密切关注着这些观点。它们偶尔在我脑海闪过，如同当你在教堂里脑海中浮现的肮脏的想法。但为众多建筑师所周知的是论文学期并不是一段抽象思考的时间，至少不是用来思考与论文无关的事宜的时间。另外，我还有其他问题。我的贷款到期了，而我没有工作，因此就不能进行新的借贷。我有一些牙齿需要修补——我一直期待能有份提供牙科保险的工作，以便修补一下。不能就业，无家可归，牙齿脱落，面对这样的困境我觉得自己的设计技能一文不值。当然，这些技能对于我是有价值的，我肯定那些授予我这些技能的老师也会认为自己的教学富有价值。我知道，为此我付出良多。但面对不能就业的残酷现实，我不得不考虑它们拥有的价值是什么。

同时，英国国家统计办公室列出了自2008年2月至2009年2月期间354个行业内失业现象的详细增长情况。总体来说，失业平均增长率为98%——2008年若有100人失业，现在就有198人处于失业状态。看来，现在的状况与失业率成倍增长的综合报告相吻合。其中建筑师的失业率高居榜首，对我的同行来说这并不吃惊。去年，失业的建筑师数量增长了接近8倍。当我把这条看上去会令人惊骇的消息透露给同行的时候，他们只是耸耸肩膀说："是啊，成为一名建筑师可真够糟糕的。"建筑师的失业人数高居榜首，比这一事实更有意思的是他们的失业人数远远高出各行业的平均值。但这是一个没有破产的行业。经纪人和金融经理，他们看上去是经济危机的罪魁祸首，但其失业率也仅是以前的1.5倍。即使是一些与建筑环境相关的从业人员，比如木匠、土木工程师，他们的失业率在过去的一年中也仅增长了大约2.5倍。

为什么失业建筑师的数量增长了8倍？为什么在354种被调查的行业中建筑师的失业数量多得令人难以置信？如果你愿意倾听，我将说出其中的奥妙。对于那些不是建筑师的人来说，他们通常对此表示怀疑，会问"最新数据？真的吗？"怀疑我有点儿夸大了这一数字，从而对自己黯淡的就业前景进行自我安慰。更糟糕的是，那些我先前认识的建筑师他们通常保持沉默。时事艰难，但美好光景将会再现。经济刺激计划将拯救我们。年长的建筑师仍然记得以往的经济危机，认为我们也会挺过去。这些意见让我看到了建筑师职业文化令人堪忧的前景。看来，我们几乎以能挺过艰难时期为荣，这表示我们对自己手艺的深切厚爱。我怀疑我们是否有毅力度过难关——但是，看来首先我们并不会讨论时势为什么如此艰难。

关于这次危机，我觉得形势应该没有以前那么严峻。我的设计技能理应比以往更有价值。金融危机与建筑环境有关——与抵押担保证券相关。公共卫生服务也与建筑有关，因为在美国，我们在医院建设方面花费的精力比在医生身上投入的要多。住房——无甲醛住房——是捍卫人民健康的第一道防线。建筑工业是国家最大的雇主之一，从而成为失业危机中最严重的职业。而且气候变化也是建筑业的一大问题，因为大量的废气和填埋物都来自于建筑物。在危机产生之时，国家重新定向，我们会发现建筑师正处于这场风暴的中心位置。不管在问题产生的过程中建筑师扮演的是什么角色，他们都应果断采取决策。设计者解决问题的能力，综合考虑问题的能力，迅速顾全大局又不失小节的能力，这些看来都是有用武之地的。在局势动荡之际，这个社会需要设计者为之效劳。

可是，很明显，事实并非如此。人们忘了通知人才市场，我的信箱空空如也。没有人需要建筑师，没有人向他们征求如何处理国家问题的意见。建筑业没有内阁级的职位。我拒绝把责任推到除此之外的职业上——在严峻的局势中，是建筑师自身为公众树立起漠然独立的形象。上一代最著名的建筑师把自身的形象屹立于宏伟建筑的背后——博物馆、企业大厦、图书馆以及体育馆之后。在《时代》杂志的封面上，建筑师占有了一席之地，尽管，很明显，与此同时其他人也付出了劳动。无论如何，有一件事情与过去不一样：在经济危机时期建筑师可不是过去的建筑师了。

因此，我的电话一直很安静。下列两种情况，必有其中之一是造成这一局面的原因：

1. 我不具备任何有价值的技能。

2. 我拥有技能，但这个世界尚未认识其价值。

当时我想韦氏大辞典中所定义的"特殊技能"自会表现出它的优势，就像灭火器只有在火灾发生的时候才真正派得上用场。但现在没有火灾，没出什么差错，无论是我还是我四年的攻读。我漫不经心地揣摩着这一比喻，一边收拾着公寓中的东西准备离开，却无所去向。我在厨房里四处翻看（在攻读研究生的时期，我很少用它，我的大部分食物都来自工作室的食品自动售货机），谢天谢地，我发现了一个灭火器，它埋在橱柜里，被一些大部分都空着的瓶子和大都非常干净的日常用品遮住了，它个头很小，是我刚搬进来的时候买的。我突然意识到自己是个务实的家伙，一搬进来就买了灭火器——我为灾难做好了准备！我思绪万千。如果发生火灾，我就能迅速沉着地拿起它，把我的两只猫从火海中拯救出来！

很明显，我计划中的问题就是这么多年来我一直把灭火器这回事忘得一干二净。如果在研究生期间有火灾发生，你肯定会看到我从公寓里跑出来，每个腋下都夹着一只猫，一边埋怨自己没有远见，没买灭火器。消防队长从公寓烟熏火燎的废墟中出来，带着一只压碎的，但没有用过的灭火器问："你为什么不用灭火器呢？"

我一边试图喝完剩下的酒，清理干净的日用品，一边想我们的职业与我废弃的灭火器有多少相似之处。有些东西，从理论上来理解它们的价值是很简单的，但是因为人们并不知其存在，所以它们就变得没有价值，其存在也不为人们感激。当然，我们的社会意识到建筑师作为一种职业是存在的，也同样明白从事这一行业的人因其付出应该获得报酬。但每一个建筑师都会偶尔怀疑广大市民对我们所从事的职业知之甚少。而"设计"的任务更是遭人误解。我们的客户把我们看成：艺术家、项目经理、译码员、蓝图规划者、印章管理者、牛皮匠，等等。大部分的建筑师会激烈地争辩说"设计"是我们的核心工作，但对于该词的含义，有多少个设计师就有多少种定义。如果我们对"设计"的概念存有异议，我们的客户也不会匆忙去发掘一种含义，这是肯定的。

当我踏进人才市场的时候，建筑师含义中的模糊性深深刺痛了我。我开始在就业服务的网络上狂投简历，比如www.monster.com，它的处理器带有一套"警示"系统，它能把工作机会与你简历中包含的特征或关键词进行匹配。我很快就注意到那些招聘"建筑师"的岗位根本不包含我简历中的特征。有很多岗位需要"数据库架构师"、"电子安全架构师"和我最喜欢的"解决方案架构师"。我想，"建筑师"一词已经很苍白了，所以不得不在它前面加上"解决方案"这几个字，以便把它与制造问题的建筑师区分开来。无论如何，已经没有我所了解的那种"建筑师"的工作岗位了。我意识到当上一代的精英为"建筑师"、"设计者"和"实习建筑师"或"室内建筑师"这些概念纠结的时候，*"建筑师"的名字已经被盗用了。*

修理汽车的叫机械师而不是"汽车医生"。对我的西装（以前我有）进行干洗的也从不自诩为"清洁专家"。但是，不知为什么，各行业的人已经慢慢地把"建筑师"一词篡改到自己行业中去，并使它听上去贴切顺耳。当我们竭力想弄懂这个词的含义时，我们忽视了这样一个事实：这个词对于他们不再有任何含义。

在这一行业衰落之际，兴旺发达的也不乏其人。在后现代社会中"建筑师"一词意味着什么，当这个行业面临这样的问题的时候，很多人利用了大家的矛盾心理来宣扬一些东西，而这些在过去是会令人勃然大怒的。建筑师不应该有什么组织原则。建筑师不应该拘泥于历史传统、都市风格、城市或者客户之中；他们必须"远离任何外在的价值系统"。[1] 这场运动在1988年被奉为经典，在一场由菲利浦•约翰逊和马克•威格利组织发起的展会中，很多当代著名的建筑师参与了这次运动，其中有弗兰克•盖里、丹尼尔•里伯斯金、雷姆•库哈斯、彼得•埃曼森以及扎哈•哈迪德。

讽刺的是，这些建筑师竭尽全力让自己与那些束缚他们的术语脱离干系：解构。这个术语在建筑师中间赢得了频繁的使用，用来表述成千上万的建筑理念。这一术语的出现并不是为捕捉一种统一的理念，而是为了表达这种东西的缺乏。正当我们为每一种可能性的利弊争论的时候，这一矛盾情绪成了惯例。揭示这种可能性是多么有趣——争论、撰写、教授、起泡泡建筑应该是什么而不能是什么！建筑师在这个世纪的大部分时间里都受到现代主义的严格限制，而新运动为他们提供了奔跑的场地。

在这种矛盾状态下，另一种变化产生了。因为我们这一职业没有明确的定义，外界对建筑师并没有像画画那样明确地给出他们的职责。

这幅画，如果并不连贯的话，至少其大部分也是富有积极意义的。伦敦婚介所摘月仪式（Drawing Down the Moon）进行的一项调查结果受到了建筑师的高度关注。这项调查发现建筑业是"最性感的男性职业"，至少这是伦敦女性的结论。人们认为建筑师"富有创造性，性格体贴，处事协调周到"。是不是持有这种看法的女士曾经跟建筑师约会过，尚不明确，但剖析这些数据是很有意思的事，总体来说意思很明确：与股票经纪人和医生相比，建筑师这一群体更富有魅力。

　　幽默剧把建筑师的自尊与魅力搬上了荧屏。由于种种原因，乔治•克斯坦萨在电视剧《宋飞正传》中扮演了一名建筑师，名满天下。在电影《情迷索玛丽》中，为了赢得由卡梅隆•迪亚茨扮演的片名角色的芳心，李•艾文斯和马特•迪龙都扮演了建筑师的角色。建筑师富有魅力（值得信赖），至少对于索玛丽来说是这样的。

　　对建筑师的负面评价是在蔡淑娴写给一名建筑师的信中披露的，最初由杂志《洋泾语》刊出。蔡感叹她的建筑师朋友们不停地抱怨他们睡眠少，工作量大，赚钱少，更重要的是她对这一行业是否有用提出了质疑：

　　　　我相信建筑就像趾甲真菌和侵入结肠镜检查一样，是引起我
兴趣的众多项目之一。

以及

　　　　我有位朋友是医生。他给我开药。我很高兴。

　　　　我有位朋友是律师。他帮我起诉房东。

　　　　我的建筑师朋友什么都没有给我……我的建筑师朋友算出我
的公寓面积是187平方英尺。挺好的。谢谢。[2]

　　这封"亲爱的建筑师"的信只有三页，但它可能被整个国家所有的建筑专业的学生阅读过。就很多我认识的学生而言，这标志着他们第一次害

怕人们对建筑师不再交口称赞。

我想，这解释了为什么在www.monster.com上"建筑师"的工作是由IT行业来承担的。通常来说，人们对我们的工作并不了解，所以这种称谓就成为了热点。当有的建筑师把建筑定义为空间组织活动，而有的则认为是室内空间的雕塑或者一种专业的服务，与此同时，并没有共同的信仰、技能和原则把我们结合在一起，在这种情况下，我们怎么能指望别人了解我们的工作呢？人们可以有自己的概念，他们是自由的。

就像蔡所观察到的那样，我们中的大部分人都有机会定期与医生接触，也会时常需要律师的服务。即使我们不这样做，医学领域和法律领域的情况也会在黄金时段的戏剧和喜剧中经常播出，貌似源源不断。电视节目中有关于警察、侦探、广告执行者、法医的内容，甚至还有与联合包裹运送服务员相关。建筑师伤感地看着节目，感叹没有关于建筑师的节目。因此，我们将会看到建筑师表情神秘祸福参半。

建筑师偶尔出现在电影中，尽管电影的主题很少关乎他们真正的建筑师身份。这引人注意。想一下韦斯利•斯奈普斯在《热带丛林》中或者亨利•芳达在《十二怒汉》中的情景吧，建筑师相貌英俊，技术精湛，善于辞令。《摩天大楼失火记》和《求死愿望》是我所看到的仅有的把建筑师刻画得富有英雄气概的电影，但是两部电影中的建筑师都不是因为建筑而成为英雄的。《摩天大楼失火记》的建筑师在某些方面是个恶棍；这部电影以"英雄"建筑师保罗•纽曼在更加理性负责的消防队长面前承认自己的狂妄自大为结尾；《求死愿望》中理想主义建筑师查尔斯•布朗森发现射杀罪犯更加可取、更加令人满足，从而放弃了以创造建筑而美化世界的方法。无论是什么样的戏剧，电影情节永远都不关乎一个真正的建筑师，也不会让人们看到我们的工作情况。

所以我们的称谓已被移作他用，这无需吃惊。但如何要回本该只属于我们的称谓？当我们的名与实并不相符时，我们又该如何向世界展示真正的自己呢？又该做些什么呢？

医疗专业的发展能够告诉我们很多道理。跟"建筑师"这个词的含义被人们淡忘一样，"doctor"在很久以前也有很多种解释。但除了"medical doctor"与"PhDs"的含义在现代产生了差异之外，很少有人不明白"doctor"是干什么的。但在另外的情景中，"doctor"意味着专家。我们可能会信赖一个有"doctor"头衔的人一定接受过良好的教育和培训，恪守道德准则。但在过去不是这样。

有一段时间，政府缺乏监管举措和机构以管理那些奔走在乡下自称为"医生"的人。据传，想成为一名"医生"极其容易。在浴缸里放包东西，然后把这些水装瓶，坐着四轮马车沿街叫卖。很少有这样的江湖朗中因此被捕或者遭到起诉，虽然他们偶尔也冒着被对他不满的市民吊死的风险。这些兜售药水的人发达了，所以我们可以肯定至少有一部分人对此印象深刻。其他很多人也可以解决医疗问题。理发师、外科医生、水蛭持有者、巫师都在这一市场内活动。正如罗伊•波特所写的：

> 在美国中西部，生活对于很多"马车时代"的医生也同样艰难；俄罗斯乡下、澳大利亚内陆地区以及其他地区的医生条件也很艰苦，患者群体不固定，治疗时断时续并且精明老练，江湖医生和沿街叫卖的小贩相互竞争。[3]

早在17世纪，"科学"就开始影响医学的发展，一些先进的理念如"细菌"一词开始应用到实践中去。但直到19世纪美国医学学会才成立，美国食品药品监督管理局也是20世纪初才成立的。

这一过程如此漫长，这就意味着在200多年里，那些接受过高等教育和经过科学的方法培训过的医生不得不在一个开放的市场里，跟形形色色的江湖骗子以及庸医打交道。他们得阻止其他从业人员的发展——这些知识渊博的医生慢慢明白了这个道理。其原因主要有两个方面：职业的和道德的。

道德方面的原因基本是清楚的。医生——真正的医生——对其竞争者的欺诈行为会带来什么样的后果是略知一二的。他们知道很多江湖骗子并不仅仅兜售用浴缸制作出来的秀兰邓波尔饮料，他们实际上还在兜售毒药。他们通过科学的方法证明，放血者和耍蛇人并不是提供服务的，与普通民众相比，他们拥有信息方面的优势，普通人只是听信传闻轶事和迷信。

从职业方面来说，真正的医生必须意识到他们不能依赖市场参与竞争。他们不得不在培训方面投入大量的时间、金钱和精力。相应地，他们所采纳的方法成本较高。如果一位患者不能分辨真药和江湖膏药的话，他就没有理由为附加在医生身上的那笔医疗费买单。如果江湖医生的药不起作用，那么他几乎就不能收费。如果没有什么能够把江湖医生的治疗和真正医生的昂贵治疗区别开来，那患者又何必接受医生的治疗呢？波特把现在医学兴起的原因准确地概括为这种竞争：

> 正是由于以下原因——职业不安全感的驱使——改革家托马斯·威克利（1795—1862）、《柳叶刀》杂志（1823）的奠基人，竭力把医学事业发展为令人尊敬的职业，从一开始医学界便结构严谨、管理完善，并富有崇高的道德理想。[4]

当然，从道德标准出发，医学界就意识到必须根除江湖骗子。但是刺激医生采取行动的可能是职业需求——他们意识到，只要允许江湖骗子继续行骗，那么医生这一职业就无利可图。

医学与建筑学之间是有天壤之别的，它们之间也找不到一个完美的类比。但当我面临着百余年来最严峻的就业形势时，我的不安全感并不仅是个人行为，它更威胁着整个行业。无论读书还是工作我都有幸与出类拔萃的建筑师为伍，可是一想到他们中的很多人都面临失业的事实，我就变得心神不宁。失业的不仅是我，或者他们，而是整个"行业"。这样分析让人觉得心里舒服，它让我安全度过了失业的头几个月并开始写作，这对于我是很有必要的。如果将此归咎于这一行业，那么几个问题就产生了。我开始认为建筑本身是市场中的一个公司，而不是将自己理解为这一行业中的从业者，或者文化发展中的一名艺术家。市场就是建筑环境。建筑也是参与者与其他参与者（开发商、群众住房开发商等）相竞争。我，职业人，一只灭火器：在这一竞争场地中，我们不得不更好地描述和宣传自身的价值。

建筑师渴望去做的跟他们能够做的大相径庭，承认这样一个事实是理解我们的价值的第一步，这一事实让我们觉得不快。每一个年轻的建筑师在起程之初都梦想着在建筑环境方面大展宏图：要成为一名塑造师。并不是仅仅梦想着要塑造钢铁与玻璃，而是塑造文化、经验、历史与城市风格。

旅途中，建筑师开始明白自己所怀有的宏伟梦想只不过是个虚幻的神话。一名建筑师很少能够左右建筑的环境。通常一个建筑师的选择面是很窄的，并且有的选择是出于迫不得已。当然，偶尔也有例外。一名建筑师也许通过在公共设计的比赛中获胜而跌跌撞撞地闯进测量控制的系统，比赛组织者赋予他最高的权威，仅此而已。赢得一场严格按上级命令举办的设计比赛意味着这位名不见经传的设计师只能竭力迎合当权者的喜好。还有一种意外情况是设计师的指挥控制能力威名远扬之后，那些实力雄厚的客户会找到他们。只有在客户与设计都拥有强大的实力并珠联璧合之时，无限的可能才向我们敞开。成功的建筑师是这样的：他们通过自己的设计才能或者关系或者人格的力量挖掘利用一丝一毫的可能性。

然而，少数人的成功有时却能阻碍我们行业的成功发展。当这少数人的活动模糊了"建筑师"一词的含义或者使大众降低了他们对建筑师这一行业总的期望时，这种情况就发生了。如果相同的设计行为也给这一行业带来了相同的内在酬偿，同时让这个世界疏远了建筑业的话，我们就变得漫无目标了。这种无目的性的状态让这个世界不关心也不理解建筑领域。目前世界对建筑业的冷漠——大多数的人并不关心也不知道他们的环境经历了什么样的设计过程，这种设计是如何完善的——行业内部的成功机制直接导致了这一局面的出现。

有改革的可能吗？医学发展的历史表明这是肯定的。各行各业不断地更新改造自我。弗洛伊德曾怀疑可卡因能够用以治愈吗啡中毒。如果医学界能够克服这一难题，那么建筑业也能补救我们所犯的一切错误。

但建筑史表明改革是有可能发生的。建筑史上充满了改革的呼声，大部分的要求都围绕着同一个中心："建筑师的职责是什么？"看来这一问题自建筑业诞生之日起就产生了。

从文艺复兴起，建筑师似乎就出身于其他行业：石匠大师、雕塑家或者油漆工。不管是谁要成为一名建筑师都从未接受过正式的训练，也没有得到过认证。在19世纪的英国，建筑师这一职业要远离自己的本行工作，他们似乎很重视这一点。建筑业的艺术与文化功能意义非凡，就是因为这些，建筑师能够在市场的基础上将自己从建筑工或者石匠中区分开来，因为严格来说，这些人一般没有接受过教育。在接下来的一个世纪中，建筑师被重新定义为社会工程师或者技术专家——可能是因为工业和技术在日常生活中变得日益重要吧。我们踏入了一个新的世界中，这里不太需要纯粹的审美家。

当世界遭遇经济危机的时候，建筑师面临着其存在是否合理的危机。没有人雇佣我们，因为世事艰难，而这个世界怀疑我们的价值。我们都应该以自己的方式来解除大家的疑惑，但要解除疑惑就需要实践行动。在证明自身的有用性之前我们就需要完成这样一个使命。

有关建筑师存在的合理性的危机潜存于当前的失业危机之下。而解决了失业问题也不能保证建筑师存在的合理性。即使建筑师回到了自己的工作岗位上，他们也会面临这样的问题：这个世界会更加怀疑他们的作用。他们的择业面会更加狭窄，也会更加迫不得已地接受一些选择。今天年轻的建筑师所面临的并不仅仅是失业的困境，而是知识的困境，当失业的困境得以摆脱，这一行业才能前途光明。建筑师不再拥有权威，不能自由地进行有意义的创造发展。

把这一切变为现实并重申我们的权威比就业更为重要。前者是后者的基础。没有人能够给予建筑师已经丧失的文化权威，但我们可以再次发掘。为重拾我们的文化权威，我们就要维护一个初步了解建筑师的价值的世界。在这个过程中，我们会重新找到自己的权威。这种行为——这一扩大自主权的行为应该成为我们的目标。当我们为自己争取了权威，获取或者发展了一些技能，这些技能对于我们开阔建筑师的视野——那种我们梦想成为的建筑师，是非常必要的。有些典型的力量在阻碍着我们的发展，而一个扩大了自主权的建筑师只要努力寻求并主宰这些力量就可以了。

3 | 扩大自主权的事例

　　每个人都想拥有权力，即我们都希望自己的权威变得越来越高。我们渴望更多的创作自由，更高的报酬，更多或更好的客户，更大的荣誉，或者与权威有关的任何事物。不管我们的动力在哪，扩大自主权会提高我们为之奋斗的能力，会提高我们实现梦想的能力。看来，扩大自主权会为每个人带来非常直接的效应；问题是：作为一种行业，我们为什么需要被赋予权威呢？我们为什么需要别人赋予建筑业权威，以便对抗只有业内少数人才拥有权威的事实？

　　我在很久以前的一位老师的言行中找到了答案。在读本科之前，我有幸听了肯尼斯·米勒博士的生物学导论。从那时候起，肯尼斯·米勒博士不仅拥护国家在科学课堂上传播进化论，而且他禁止传播智能设计、创世说以及其他类似的有关生命起源的说法。他为科博县、佐治亚州、多佛、宾西法尼亚以及其他把这些说法告上法庭的地区提供专家证人服务。

　　时隔经年，一位朋友为我发来了视频网站上关于他最近的一个报告的片段。这个报告是在凯西斯大学做的，他披露了他在哈佛大学以科学的名义做的一个演讲的细节。那时有位学生提出了一个非常直接的问题："谁会在意亚拉巴马州和密西西比州的教师都教了孩子们什么内容呢？"问题不在于"谁关心科学"，而在于"谁关心那些不关心科学的人"。科学总会传播的，总有人成为科学领域的冠军，这是暗含其中的意思。哈佛大学从来不以智能设计代替进化论，从这一意义上来说进化论永远是安全的，最起码在哈佛是这样。

肯尼斯•米勒博士是这么回答的："这与我们在这个国家中的每个教室里所教授的内容有非常直接的联系。"他引用了爱德华•威尔森的一个例子，爱德华•威尔森在亚拉巴马州长大，是哈佛大学出类拔萃的生物学家。肯尼斯•米勒博士指出，现在下一位爱德华•威尔森可能还在亚拉巴马州，这确实与科学教育有关，证毕。

肯尼斯•米勒博士继续讲述发生在堪萨斯州的一场关于进化论的争论："当反对进化论的运动控制了州教育董事会的时候，他们给科学重新下了定义。不是生物学，不是进化论，而是科学。"具体来说，董事会把科学的定义从寻求现象的"自然"解释的过程改为寻求现象"更加充分"地解释的过程。去掉"自然"一词的问题在于它内在地把科学推向"非自然"的或者说超自然的解释。

有很多人反对肯尼斯•米勒博士，他们主张平衡探索——甚至连上届总统乔治•布什都说他认为应该让学生接触有关"该问题"的两种观点。米勒博士大胆指出当你讨论科学的"另一面"时，你会迅速卷入一些令人不快的主题中去。化学的"另一面"是炼金术。心理学的"另一面"是"骨相学"。科学的"另一面"直接就是魔术和迷信。没有父母主张学校教授魔术而不教授化学，教授占星术而不教授天文学，而且这些父母也就学校同时教授智能设计和进化论的问题展开了激烈的讨论。米勒博士认为当人们把"科学"的定义扩展到可以将智能设计包含在内的时候，占星术、金字塔神力、新时代萨满教等都可以被纳为科学的范畴。

米勒博士报告中包含了渐进主义，我觉得这与建筑实践有关。他与哈佛大学的学生和其他批评家所争辩的中心是保护这一行业，匹夫有责。很明显，目前科学濒临危险——如果允许伪科学迅速渗透到各个领域，就等于我们主动威胁真正的科学事业的发展。我认为，他主张在堪萨斯州保护真正的科学与在哈佛大学保护真正的科学是一样的，这是每一位科学家的责任——从诺贝尔奖得主到高中的科学课老师都如此。

建筑学也是如此吗？它也面临着威胁吗？谁来保护它？显而易见，那应该是我们的行业组织。但在公众眼里，我们的名声和形象最明显的保护者似乎是我们的"偶像派建筑师"——他们在很多场景下都是我们的形象大使。在他们的旗帜下，这一行业的进步从普通的建筑师、一般人和日常生活中分离出来；与之有关的似乎只是一座博物馆或者摩天大楼是否能成为一种伟大成就。如果在冲向胜利的过程中，在远离我们的地方，建立起10000栋糟糕的房屋并为人居住，我们也毫发未损。如果在建造摩天大楼的过程中，1000英亩的贫民窟诞生在我们闻所未闻的国家，我们依然能够说它是成功的标志。

要扩大建筑师的自主权，首先必须意识到那些细微之处。建筑环境的每一个角落都很重要。罗伯特•菲尔登写道：

> 我们期待建筑师关心并反对五英里外的沃尔玛被一条两英
>
> 里的道路占用，就跟期待他关心建设沃尔玛一样，二者同等重

要……如果在这个国家中我们的行业面临着挑战，那就是抵制创

造这种毫无特色的设计和文化的公司结构所带来的影响。[1]

我们不应该仅仅从道德方面来理解菲尔登对单一的设计文化的抗议。如果一个孩子的生长环境中除了有毒的预制房屋、沃尔玛和家得宝并无它物，那么孩子对合理与不合理的建筑之间的差别的理解能力就被我们禁锢了。这个孩子也许会成为一个建筑工人，一名买房人，一名律师，但他对建筑一无所知，也将跟那些不会发挥建筑环境价值的人一样工作和生活。他不会了解、尊重或者感谢设计的力量。

跟孩子有关系吗？米勒博士认为，一个孩子就是一种开端。这个孩子也许会成为我们这一行业的下一位英雄——也许会成为不完善的分区立法的拥护者，同意建设更加糟糕的建筑，也许会反对发行为新博物馆付费的债券。也许我们正在培育一个不关心建筑环境的社会。也许，正是因为这种漠然我们才搬起了失业危机的石头砸到了自己的脚上。

米勒博士巧妙地举出了"人们认为科学与什么有关"的事例。它与非科学家的所想甚至与乡下人的所想有关。这并不仅仅与科学之光那崇高无私的理念有关，这完全出于务实的需要，出于对这一行业存活下去的私心的考虑。

建筑业面临威胁吗？它需要像米勒博士描述的那样捍卫自己吗？我想，很明显是这样的——经济全球化的大潮推动着各个社会更倾向于在经济利益的驱动下做出各种决策。如果各社会以经济利益为出发点做出各项决策的话，那么建筑师也会如此，不管是否出于自愿。除了少数具有明星效应的建筑师之外，其他人只有两种选择：要么屈从于客户在经济利益驱动下的动机，要么辞职走人。拥有建筑环境的最终决定权的并不是建筑师，他们忠于职，但其决策权却被轻而易举地剥夺了。那些仍然有话语权

的建筑师也只是在风格方面做一些肤浅的决定。

危言耸听者很容易就会把这类情况描述为建筑行业的末日——现在公众不去理会建筑师的技术、心灵和困难，在他们眼里我们所做的一切只是锦上添花而已。随着权威性的削弱，我们很少有机会获得较高的工作报酬。这个怪圈具有自我强化的性能，没有较高的职业威望，一般建筑师的权威基本等于零。[2]

这种末日的预言似乎与两种情况相悖：第一是这种辩论由来已久，第二是建筑师看来还拥有前面所提到的较高的声望。如果事实确实如此，我们至少必须承认这种情形已经持续了一阵子了。19世纪晚期，维优雷·勒·杜克说："建筑师正在繁荣的怀抱中死去。"他认为建筑行业自16世纪开始衰亡。[3]

到了近代，洛兹·伊歇尔和利威林-戴维斯在英国皇家建筑师协会政策文件中提出了这个问题。对于如何处理建筑工业中技术分裂的问题和领域监理员的需求问题（这一角色现在属于职业工程管理或项目管理公司）方面，上议院评论说：

> 为什么建筑师应该提供这一综合服务？其原因有三点。第一，与其他相关领域相比，建筑师接受过训练，会考虑得更加全面，尽管这种训练并不完善，他们在思考的时候习惯性地（跟工程师不一样）遵循从个别到一般的思路。第二，如果他们不具备这种思考能力的话，他们会很快，比自己想象的要快，发现在决策制定中自己并不占据中心地位，而处于边缘位置，成为他人作品的造型设计师，这样说可能缺少一些客观性。第三，在那些建筑师处于边缘位置的国家中，它们的建筑绝对逊色，这是经验之谈。[4]

1968年他们就发出了这些警告，并且有充分的证据表明他们所说的实在是不易之论——他们所预测的未来已经展现在我们面前。项目管理和工程管理已经从我们这一行业中分离出去，并承担着举足轻重的责任。而且，作为一个领域，职业项目管理的诞生在客户与建筑师之间筑起了一道高墙，从而疏远了我们之间的关系，这种关系自建筑师成为一种职业的那天起就确定了。

讽刺的是，历史往往表明，当建筑物和建筑行为越来越复杂的时候，建筑师便从中获益了。看来，作为一种职业阶层，建筑师的出现至少能把自身的复杂性与其他阶层区分开来。一个半世纪以前，建筑师的读写能力把自身与普通的石匠区别开来。[5]近代史中，对复杂代码和建筑系统的识别把建筑师与建筑行业中的其他人员区别开来。随着科技的飞速发展，建筑师的地位得以确证。

过去的25年则有悖于历史规则，是个例外。与以前相比，建筑变得复杂多了——就自身系统和建构复杂性来说是这样，而经济、政治和法律对它的困扰就更复杂了。建筑行为更加复杂；参与方的数量日益增加，他们都是潜在的诉讼当事人。金融阶层的参与越来越多，其影响越来越大，因为我们的建筑资金是借来的，而与资金相比，我们更受到利率的约束。建筑行为日益复杂，建筑业因此而萎缩。建筑业的退步使项目管理和工程管理得以充分发展。方案设计的专业产品和建筑文件是我们真正擅长和感兴趣的领域，看来专注于此也需要战略，可是这是错误的理解。最新技术的迅速发展只为其他行业的存在提供认可服务。当领主发布他们的"主祷文"时，理查德•利威林-戴维斯发表了他著名的图式，以解释建筑师与其周围行业的关系。我擅自对这一图式进行了更新，以表明建筑师的影响范围并不仅仅是在缩小，其影响力在有些地方已经被其他事物超越了。

另一方面，这一行业在进步——以十年为一个阶段来看，建筑师的影响力和地位越来越受到重视。建筑师并不是边缘人，他们出现在《时代》封面上，甚至可能会出现在晚间的访谈节目上。这是伊歇尔和利威林-戴维斯所预测的庄严的新世界吗？如果我们的权威已削弱贻尽，为何人们认为建筑师最富有魅力？为什么骗子在想得到女生的时候都会冒充我们？

人们会因为我们所做的和所不能做的给予我们好评，现在，辨别二者之间的区别就非常重要了。想想大部分建筑师都有的经历吧：在酒吧或鸡尾酒会上随意聊天时听到有人说，"我一直想成为一名建筑师。我只是不擅长［空白］。"这个地方的空白，可能有很多东西，但最可能出现的是：

（a）数学

（b）绘图

（c）起草

（d）画画

这段谈话暗含着他们认为我擅长很多事情，或者说建筑学必须涉及这些事项，我经常会这么说：

（a）我擅长数学，但我不用数学知识，一个成功的建筑师不需要这个。对于大多数建筑师来说，懂得一加一等于二而不等于十就足够了。

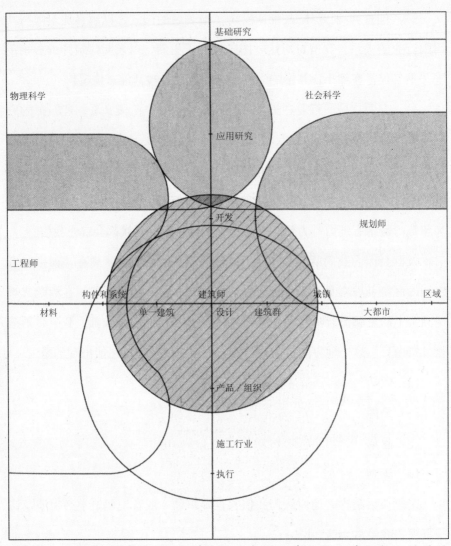

图3.1　理查德•利威林-戴维斯的图式表明了建筑师与其他行业的关系（1967）。

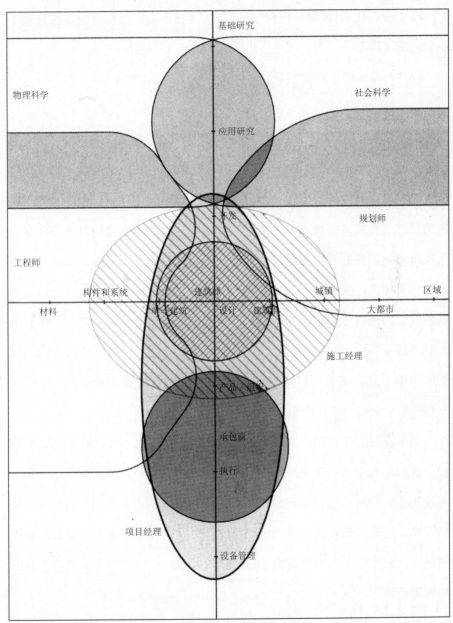

图3.2　作者设想的对利威林-戴维斯图式的更新（2009）。

(b) 我喜欢素描，我一直擅长这个。这很重要，但也有很多建筑师不用它也能过得去。

(c) 起草人通常负责起草。

(d) 什么？

对于我们，人们并不仅仅持有肯定或者否定的看法，他们的想法成千上万，这一点应该清楚了。就在我写作的时候，一家著名清洁工具公司的广告正在循环播放。广告一开始就是一名建筑师，他穿着黑色的套装和黑色的高领套头衫，打扮入时，带着一对夫妇穿过闪闪发亮的白色办公室，从模特们和漂亮的照片前经过。解说词的内容是建筑师的突出成就和获得的各种奖项。广告末尾，这名建筑师坐在一张优雅的椅子里，一头白发在黑色套装的映衬下像耀眼的皇冠，他的表情略显漫不经心，向这对年轻的夫妇问道："我能为你做什么？"这时妻子从钱包中拉出广告片中闪闪发亮的清洁工具，啪地一声摔到桌子上说："围绕这个做些设计吧！"广告在建筑师竖起的眉毛中淡出。

如果这则广告表明清洁工具是建筑师工作的概念基础的话，那么很明显，我们在大众文化中的地位并不高。前些年，我一直认为麦迪逊大街是对建筑师的轻视，这一事实令我忧心忡忡，但鉴于"大衰退"的出现，我意识到麦迪逊大街轻视的并不仅仅是建筑师。它没有告诉人们要如何看待建筑师，它反映了人们对我们业已形成的印象。广告的投资以普通大众的理解为基础。

建筑师的声望越高，我们的自主权就越大——这是千真万确的，上几代建筑师已深谙此道。但是，参与评价我们名声的人群的广泛性也很重要。不是因为我们是一些理想主义的现代派多愁善感的奴隶，而是因为这些人制作广告，选举总统，参与全民投票，管理着家长教师联谊会——他们自身从不参与建筑师的工作并不意味着他们无权决定我们的职业命运，这是事实。皮埃尔·佩莱格里诺表述得更为诗意：

> 不是所有使用建筑语言来掌控世界的人都必须是诗人，生活在建筑产品的世界中，唯一需要面对的事实是练习这种语言，就像阅读一篇文章意味着掌握行文的语言：你对这门语言的掌控不需要像作者那样娴熟，但要达到足够理解作者的水平。所以每个人都要学一点写作之道；王子不再是建筑的唯一读者了。[6]

这一说法有悖于某种约定俗成的看法，即：要想成为一名卓越的建筑师，你必须赢得同行的膜拜，但你没必要赢得客户，更不需说普通民众的崇拜。一件激起争端的建筑作品也会让公众丧失兴趣，比如卡尔曼、麦金尼尔和诺尔设计的波士顿市政大厅——它颠倒了历史，毫不夸张地说。尽管它受到几乎所有使用者和普通波士顿市民的痛斥，这座大楼的设计还是得到了建筑师们的一些赞美（或者说至少是同情）。

在赢得建筑界认同的同时，舒适地把自身从赢得其他群体认同的需求中剥离出来，可以这么说，这种倾向已成为常规现象。杰克·纳萨证明彼得·艾森曼在俄亥俄州对卫克斯那艺术中心的获奖设计实际上并不是最受公共青睐的作品。当大家被要求对他的作品以及评审团提供的其他获奖作品进行评估时，一群富有代表性的学生和教师把艾森曼的作品排在了第四位，而把埃里克森的作品列为第一。该项研究的作者从陪审团对艾森曼作品的描述中（比如，"它设计大胆而富有挑战性"、"发挥了场地的优势"）摘出了一些话，让调查对象比照这些评语对参赛的其他作品进行评估。[7]根据大家的意见，以这些评语的标准来衡量的话，艾森曼的作品只能排在第四位，但最大的问题是：谁会在意呢？陪审团与公众应该发表不同的意见。陪审团由建筑专家组成，就像我们不允许普通市民做出自己的医疗决策一样，我们也不允许普通市民做出他们的建筑决策。

困扰这一观点的是它事先假设了大众是软弱无力的。不应如此。公众不会没有自己的武器。比如，以卫克斯那艺术中心为例，这里就有一所公共大学，其中就有一处公共建筑，它是由公众对它进行部分投资的，而且陪审团选择了一处让公众满意的作品。卫克斯那艺术中心的象征与风格的力量是不容置疑的，但纳萨的研究提出了这样一个问题：这种风格上的分量是否能够传达到每个人那里，除了建筑师那个狭小的圈子。赫伯特•甘斯这样说：

> 象征符号的确定人往往喜爱高雅文化中的符号和风格，但他忘了其余的人可能会喜欢其他的象征符号。比如，很多公共建筑奉高雅文化为圣旨，但大部分公众并不了解这些高雅文化，虽然他们为这些建筑交纳了费用，他们用富有讽刺意味的名字来表达对这些建筑的感觉。[8]

在公众的武器中，谩骂可能是最无杀伤力的一种。公众没有直接上诉卫克斯那艺术中心的途径，这是事实。公众不能销毁写给艾森曼的支票，不能焚烧俄亥俄州立大学的董事会，也不能直接处罚卫克斯那艺术中心里的建筑。但是公众能做的就是避开这些建筑。校友、学生或者参观者只要到他们喜爱的其他地方去就能避开它了。他们给学校的行政人员发送了一种信号：他们在躲避当代建筑。激进的、大胆的设计方案可能不会得到大学校区的采纳，因此，当学校的行政人员受学校委托再次选择设计师和建筑方案的时候，他们会以此为鉴。当然，我们不能以简单的对还是错的看法来看待卫克斯那艺术中心。它首次以建筑的形式向人们展示了一些全新的建筑理念——这绝非易事，从这点来看，它是成功的。而这种成就从整体上是如何影响这一行业的？这是一个更重要的问题，但是，在讨论的过程中，人们并没有尝试着把这个问题和它的成就进行权衡。长期以来，人们一直认为问题与成就相辅相成，如影随形。

不管这种进步是不是由建筑师取得的，都应该期待别人挑战自己的理念——实际上，卫克斯那艺术中心从开始受到多方异议的时候，它就承受着成千上万的挑战了。如果说历史教给我们什么的话，那就是那些走在时局前列的人往往会受到非议，会面临不公正的棘手局面。但是，历史也告诉我们，这种巨大发展最终会得到重新认识；当大众的意识达到了认同这一理念的水平的时候，那些遭到排斥和侵犯的进步行为会得到重新评价，人们就会认为它们是一种进步。因此，我们必须超越这种大跨步所带来的直接震颤，看到它所留给我们的东西。

尽管有些人已经开始总结卫克斯那艺术中心所带来的一切，但现在下结论也许还为时太早。在卫克斯那艺术中心可能为我们带来的所有东西之中，它是否会让俄亥俄州中的所有社区敬而远之最让我们关注。诚然，要维护卫克斯那费用昂贵，困难重重。根据纳萨的调查，校园中的大部分人都绕开它。很多人公开宣称，无论是从展示的角度还是从观赏艺术方面来说，它都不是一处有效的建筑空间。如果整个世界原谅了卫克斯那艺术中心的缺点，至少去欢迎它，那么这就是为建筑业做了很大贡献了。相反，如果卫克斯那艺术中心的艺术成就不能抵消它的缺陷，我们就必须问问自己我们取得的胜利是什么。如果卫克斯那艺术中心所取得的这些所谓的胜利导致了俄亥俄州新一轮的建筑保守主义的兴起，那么建筑学所取得的成就又是什么？未来，任何一个想在俄亥俄州的校园里进行建筑设计的建筑师都会面临着一个严峻的抉择：要么选择历史主义的建筑，要么不建。

一个建筑师或者一座建筑的胜利，在某种意义上就是建筑学的胜利，我们必须打破这种惯性思维。人们对建筑的判断失误呈现周期性，这是它的天性。它的定义性特征是简单、传统、令人舒服。莱维特和杜伯纳承认惯性思维并不总是*出错*，但是"留意那些惯性思维可能会出错的环节——留意，也许，草率的或者利己主义的思考轨迹——是能提出问题的好地方。"[9]

建筑师并不经常是因草率思考而被人所知的。但是从利己角度出发呢？让我们看看建筑业中那些多如牛毛的事例吧。我们的调查与扩大自主权有关，但并不是讨论如何指责建筑师的利己主义行为。随着世界经济的变迁，我们希望找到建筑业的繁荣之路。我们欢迎拥有权威的建筑师，欢迎他们取得标志性的成就，但就我们所进行的讨论而言，我们必须这么问：作为一种职业，建筑业是否因为他们而获得了更好的发展。他们权力的迅速增长和设计威望的提高是不是以牺牲一些更重要的东西为代价的呢？他们是否已经剥夺了后辈实现雄心壮志的能力呢？为探讨这一问题，我们将从最明显的问题开始：首先，我们从哪里获得权力？

4 | 权力的来源（国王而非巫师）

国王和巫师，想象一下两个男人争夺权力的场景。国王当然是王国名义上的头目，法庭外的任何一个人都归国王领导。但法庭内的政客们就没那么简单了。每个人，包括国王和巫师都知道国王要依靠巫师提供建议，并以一种神秘奇异的方式取得合法性。在相信迷信的时代，巫师是国王通向神秘与神圣之境地的桥梁。王后、骑士、公爵或者农奴必然会问"为什么"，这时候国王就会回答说："巫师就是这么说的。"巫师的判断无可指责，因为没有人了解巫师的艺术。

国王在做出参战决定的时候，他可能会选择敌人，可能会将公爵和骑士召集到一起。他当然会用金币酬谢这些努力。但他会不带巫师吗？不，当然不会。他需要巫师的保佑，真主、命运、女神，这个王国信仰的神灵的默许都在巫师的保佑之中。

这意味着巫师掌管天下吗？这么说并不准确。国王拥有权力基础，或来自王位继承，或来自军事力量、文化惯性等。不同国王的权力来源也不相同，也许来自先天继承，也许经后天奋斗而得。但想保持这种权力，他必须按照某种特定的方式行事。软弱或愚蠢的国王容易被天资聪颖或者野心勃勃的人废黜。

关于国王与巫师的关系我们可以洋洋洒洒写上很多页，但这里的关键问题是他们是如何获得权力的。国王获取权力的过程可观可量，而巫师却隐晦模糊。

巫师的力量来自何处，对此人们并不了解。他把蝾螈舌头和蝙蝠血混合在一起，然后奇妙的事情就发生了。如果迪士尼公司没有撒谎，那么在这个过程中会有烟雾缭绕，神灵显现，可能还有阴森恐怖的声音。巫师操作的过程，肯定是不可重复的，也无从解释；如果可以，那么每个人都会拥有巫师的力量。看着巫师，不知为什么我们就会相信：之所以无法破译这些方法的原因是我们并未得到许可以获取他的力量和特殊技能。当然，就算我们在厨房里把手放在食人恶魔的牙齿和猫头鹰的眼睛上，我们也不可能重现巫师的魔力。我们肯定不记得巫师加在他法术中的神秘奇特的东西。从某种意义上说，正是巫师操作过程中那些并不合乎情理的环节赋予了他的合法性。如果过程合乎情理或者可以重复的话，每个人都会是一名巫师。

在当代，把动物身体上的一些部分混合在一起并神化神的意旨的想法听上去是非常荒诞的。我们回顾国王与巫师的时代，很容易就会认为巫师是个骗子——他在自己的所作所为上面蒙上一层神秘的面纱，以便获取权力，产生影响。同样，我们也很容易想到巫师及其周围的人确实相信那些骗人的把戏，我们也要当心不能以现代的眼光过于简化当时的情况。而要说起现代的巫师那就更容易了。我用"巫师"一词形容那些行为隐晦难懂的人，比如IT从业者。

对于如何使用电脑我了解得很多。但跟大多数人一样，我不得不一次又一次地需要"IT从业者"的服务。如果我的电脑崩溃了，我就给他打电话，他来了，舞动着他那神奇的魔杖，通常电脑又可以使用了。对此我一无所知：这个问题很容易搞定吗？还是很难？问题是我造成的吗？还是程序错误？是个小毛病吗？这人出力了吗？谁知道呢。我只知道电脑出了问题，现在问题没了。也许另外的问题又产生了。每个使用"IT从业者"服务的人都对他们的用处迷惑不解。很多人都会对自己的依赖性感到伤心难过，但最后要是没有IT从业者的帮助，那么关于电脑方面的复杂问题就太多了，或者是我们认为复杂的问题有很多。IT从业者的行为难以识破，他们对电脑进行了哪些修改也是个迷。他们就有点儿像巫师。

但国王就不是这样。他获取权力的方式与此截然不同。关于王位继承和封建社会结构的问题有很多，但既然只是个比喻，我们就不提了。如果一个国王想避免他人篡位或者发生政变，他必须要赢得骑士和臣民的尊敬。他必须赢得忠诚与崇拜。一个不称职的国王也许可以守住王位，但只能通过贿赂手段或者按协议办事。通常来说，要使王位持久，国王必须称职。

国王通过自己的一些品质来证明他是称职的，这些品质与领导才能有关：诚实、正直、仁慈、同情心以及智慧，等等。而其关键并不是拥有这些品质，而是把它们表现出来，以便在公共场合赢得人们的感恩与忠诚。在封建时代，国王可能不一定需要每个农奴的支持，但他需要王国中绝大部分的骑士与领主的支持。

可能有人会问，一个建筑师应如何向公众展示自己的技能呢？我们所做的一切太复杂了——那是年复一年的训练而得来的。我们如何才能不那么神秘？毕竟，跟其他专业人员一样我们也是专家。大家希望我们了解普通人所不了解的，或者不能随随便便就能获取的知识。我们拥有的知识面广，但也有所专长，政府给我们颁发证书，它代表着在这一领域中我们都是专家。但是，专家只是一个中性的称号；它仅仅代表着信息不对称理论。专家是如何表现的只是一个动机问题。建筑师的动机以及其客户的利益并不一定必须一致。事实上这二者可能完全相反。*但它们不必被隐瞒。*

酒吧老板与招待之间的矛盾就很有启发性。每个人都有自己喜爱的酒吧，大部分人也有自己喜欢的酒保。往往跟《干杯酒吧》中山姆的陈词滥调不同，我们最喜爱的酒保对我们喜爱的酒水非常了解，当我们失意的时候，他仍然欢迎我们，看上去相当聪明。之所以能成为最受青睐的酒保，是因为他有一些与众不同的品质，但对于一个年轻的建筑师来说，"长倒"对他意义非凡。

"长倒"是往鸡尾酒中超额加入酒精的一种委婉说法。标准的鸡尾酒中含有一盎司酒。倒一盎司酒正好需要四秒钟。因此，如果酒保在倒酒的时候能够数到五，那就意味着你可以免费多得25%的酒。对我来说，没有什么比这个更让我喜欢一个酒保了。作为一名年轻的建筑师，一直以来我的生活漂泊不定，我的心灵常受重创，还偶尔失业。按理说，一杯烈酒就应当属于我。

我喜欢的酒保了解我，也知道像我这样的人不止一个。很多人都喜欢"长倒"。而且，他们喝得越多，就可能叫酒越多，小费就给得更大方。"长倒"是笔不错的生意，对于酒保来说是这样的。但是对于酒吧老板来说，这很可怕——有人正把他20%的财产免费赠送出去——酒保获利（以小费的形式），而老板却为此埋单。酒吧老板可能会得到一些间接的利益，比如回头客，但总的来说，酒保的赠送远比老板所得到的回报要多，这掌握在酒保手中。

这儿的两种职业相互交叉，而动机截然不同。酒保想"长倒"，而老板想让他保持"倒酒的水平度"。他们都了解这一点，彼此会折中一下。大部分的酒吧老板将"长倒"视为解雇工人的一种缘由；他们很少宽容这一行为。酒保知道这个道理，很清楚自己妥协与坚持之所在。他自己能估算得（小费）与失（遭到解雇）。反过来，老板也了解酒保的处境，有关风险与利益他也有自己的决定——如果解雇受人青睐的酒保，他会流失很多顾客；如果不解雇，他会流失很多酒。

建筑师与自己客户之间的关系不会总是这么清晰——他们做不到。从某种程度上来说，我们的职业保持着自己的神秘性，因为那些没有接受过我们这些训练的人是不会了解它的。但我们可以声明并指出作为建筑师，我们的利益与社会的利益是一致的。我们不能对自己*如何*进行工作一直保持透明，但我们对自己为*什么*进行工作却可以道个明白，其原因应该说就是我们的动机。

建筑师应该是国王而非巫师。我们的能力可以论证和鉴定。有人可能会认为这是因为我们所从事的大部分工作并不神秘，其实跟这种想法并不完全一致。维托尔德·雷布金斯基在讨论等级体系的时候指出，在思考建筑的时候，有些方法比较简单，并不神秘：

> 关于人类的维度问题，没有什么神秘的……它更是一个"适合性"的问题。有些东西可以放下来，我们能够看得见，可以坐在上面，或坐在里面，可以舒服地倚靠。门，表示人人可以穿过的地方；很明显，它要有足够的空间，但不必更大。合适即可。[1]

但这种简洁并不总是受人欢迎的。事实上，随着我们跨入新的世纪，建筑看上去变得更加复杂。越来越多的建筑师需要一些额外的能力：网络文化以及脚本等等，它们听上去怪异，又有些科技的味道。这些东西根源于信息发展时代本身。计算机的发明以及随之而来的科技发展是人类历史上发展最迅速也最先进的创新时期。创新能力涌入IT领域，它创造了一个大胆的新世界。建筑领域很多新的设计方法建立在这一成就之上。每种设计方法都被视为新的灵丹妙药，它将把我们这一行业从目前缺失方向感的状态中拯救出来。现代主义建筑师从机械设计中寻求安慰，与之类似，建筑师也指望这些新的方法不仅为他们提供手段，还能指引新行业的方向。

因为这一领域听上去非常神秘，我们便远离了简洁，同时走向了雷布金斯基所说的透明，这引人争议。除了简洁与透明，看来这一行业有着过高估计自身能力的倾向，这是这一见解的问题所在。人们往往会认为设计的思维过程是万无一失的——它可以解决所有问题，建筑学中的力量可转化到其他活动中。建筑师发现自己的设计从水壶到整个大的城市无所不在。他们这么做是因为他们相信设计是一个认知过程，也是解决问题的方法，从鼹鼠丘到山峦设计的应用都一样简单。为了使我们的行业更加透明，我们应一直铭记自己能力的局限性。

建筑师的局限性在哪里呢？安妮•廖艾丝就认为我们的技能一无所是，我们没有任何贡献。但是如果我们不得不自己界定的话，那么我们该怎么区分哪些是我们能做的，哪些又是我们做不了的呢？

城市规划与城市设计的故事在这里也富有启发意义。如果你不在这一领域，那么这二者之间的职业差别你很可能不了解。如果你在这一领域，那么它们的区别也许已经不太重要——如果你偏爱其中的一个，也许它就是你的职业；如果你没有偏好，你可能不会把二者有多大区别放在第一位。

　　也许这二者之间的界线很模糊，它们都与城市规模的设计与组织相关。有的设计师认为城市设计是建筑学的一个分支，有的人认为它是建筑学和园林/城市设计原理的杂交。也有人认为它是城市规划的分支，还有人认为它完全是一个独立的学科。为方便讨论，让我们看看下面两个具体的例子。

　　如果你要登记参加城市规划课程硕士学位的学习，那么课程可能是这样的：[2]

中心课程

- 城市结构的演变

- 规划概念与争议

- 规划者采用的研究方法

- 规划者的量化方法

以下课程，任选三门：

- 经济学

- 法律与法制系统

- 物理和空间关系

- 政治过程/公共政策

一间规划工作室

如果你要登记参加城市设计的课程，你的教育情况与以上则大不相同，大量的时间与精力会用在设计工作室中——制作图表，画图，制作模型，等等。教育日程中可能会对一些课程产生特别的兴趣：宗教、场所营造、城市文化，等等。

三个完整的设计工作室（外加一个选修的国际工作室）：

- 种族、阶层、性别

· 城市设计理论

· 城市形态史

· 城市设计方法论

· 其他选修课程

在这些选修课程与研讨班上，你会发现下列内容：[3]

· 城市设计与城市营造史上标志性的时刻和运动

· 现代规划与设计评论

· 场所理论概念

· 场所营造实践

· 城市设计的类型学与形态学

· 物理形态——内涵与外延

· 城市设计的物理单元

· 城市设计实践

· 未来即现在

即使你不是建筑师，这其中的区别也是一目了然的。规划涉及的是"科研"与"定量"，而城市设计关注的是城市化的"理论"和"形式意义"。如果你对城市有兴趣，想成为城市的塑造者，你可能会问自己该踏入哪一领域。你可以选择任意一个——这两个领域都掌握着城市的外形。但很明显，这两个领域都有局限性。一个城市设计师对城市的法制理论可能不太了解——区域立法是如何通过的，它对城市最终的建设形式有什么样的影响——他的同事也是如此。另一方面，从传统上来说，规划者不熟悉设计方法。规划者没有意识到影响城市规划选择的理论与哲学基础，所以，他们可能会规划得不太如意。按照以前二者的原型来说，规划者也许是实用主义者，而设计者则是诗人。

除了把这两门学科混淆在一起显得不妥之外，看来融合二者的影响并无大错。心理学家与精神病学家都关心我们的心理健康——但他们所接受的培训却大相径庭，其业务也完全不同。也许当两种完全不同的职业和文化相互碰撞之后再设计我们的城市，我们的生活会更加美好。如果其中一种职业自足于一知半解的状态——看来这是唯一的危险。如果城市规划者突然觉得城市设计者丧失作用时，或者当城市设计者突然觉得城市规划者丧失作用时，我们将会看到城市将因此受损。

如果这两种职业避免了这一事件的发生，就意味着他们对自身知识的局限性保持着清醒的认识。他们认识到自身是有所不知的。我很希望建筑师也是如此——我知道很多建筑师（包括我）都能认识到这一点。因为在建筑师所接受训练的方式中，要设计一个完整的方案时，不充分的知识通常不会构成障碍。设计者的功能只是要说服别人。这往往会诱惑人走向自欺——特别是当现实情况特别复杂或者发生急剧变化的时候。我们不再透明，即使面对自己的时候。

作为设计者，我们有能力在工作的时候迷惑客户和我们自己。不管是在学术界还是职业领域，建筑师都有很多种动机让任何一知半解的东西隐晦难懂。在一些情况下，我们很明显就不是专家，但人们呼吁我们要成为专家，他们不允许我们表现得无知，尽管我们的无知不是不可以被人理解。我们被推入巫师的行列。

对于我们不断发展的实践活动，我们日益不安。技术在突飞猛进，与旧的方法相比，新的方法更加晦涩难懂。一个世纪以前，建筑业对模仿工程业产生了兴趣，现在它对模仿IT业的兴趣在很多方面都与之相似。那时候，建筑师喜欢工程师的设计方法，因为在缺乏明确的哥特式或者洛可可风格的时候，工程师的设计方法表现出了清晰的思维能力。当各种各样的历史风格挨挨挤挤地在寻找落脚点的时候，欢迎工业与工程发展就意味着在一片混乱之中找到了避难所。工程师给我们的设计指明了方法，依靠这一方法，人们在19世纪末20世纪初创造了最伟大的发明。

建筑师与工程师的设计方法肯定是有所不同的，这非常明显，也无法避免。就像城市规划者与城市设计者一样，这两种职业在同一个舞台上演出，但扮演的角色却不一样。同理，技术界也拥有很多的"设计师"——他们创造了网络、软件以及苹果手机。技术一直是社会的驱动力，虽然今天它是由硅和光构成的，而不是钢与火。尽管技术是社会生活的中心，但它是有局限性的。桥梁的传统设计中需要这样一种心态：桥梁要横跨峡谷或者河流。只要能够横跨过去，那么就有明确的方法来区别一座桥梁是合格的还是不合格的。就工程来说，一座出色的桥梁需要造价最低，用材最少，竣工最快。芯片的设计遵循同样的规则。一些原因导致了消费者对产品的品味要求有所不同，但人们对它的要求一直聚焦在体积小、速度快、价格便宜、功能强大这些方面。

但无论是桥梁还是芯片，其标准都不能用来衡量建筑。我们希望建筑表现得与众不同；希望它们为我们提供安慰、保障，使我们不耽于遗忘，并能表达我们的意愿。建筑所遵循的原则与众不同，因此不能把它与更宽泛的设计概念混淆。

据预测，未来需要建筑师设计的范围比现在的要宽泛。除了建筑，我们不必设计其他的，但我们需要拓宽知识领域并提高影响力。当然不能再继续削弱下去了。作为设计者，我们需要做出抉择，面对并战胜世界上的新挑战。我们不得不面对残酷的现实——我们所做的一切是有局限性的，然后超越这些界线。要在大衰退之后成长壮大，我们需要成为十个方面的建筑师：

（1）金融建筑师

（2）价值建筑师

（3）风险建筑师

（4）有偿的建筑师

（5）概念建筑师

（6）博学的建筑师

（7）被指名的建筑师

（8）公民建筑师

（9）环境建筑师

（10）清醒的建筑师

5 | 露宿在前院

跟其他人的父母一样，我爸爸偶尔也需要在周末去办公室。有时候他找不到保姆，正好办公室也很少有人留意，他就会临时决定带我去市中心。四五岁的时候，"市中心"听上去不是那么令人印象深刻。当然，每个人情况不同，但在那个时候我还是一心喜欢大的变形机器人，而市中心没有这些东西，所以我满足于待在家里看卡通片。但我会心情愉快地陪着爸爸去市中心，因为那里有鱼。周六去市中心就意味着会去鱼市。爸爸会买一整条鱼——通常是蓝鱼——我们把它带回家准备做饭。对我来说，在那些好玩的东西当中，鱼胆排名第二，仅次于机器人。剖鱼可不是个小事，特别是当那条鱼的个头跟我差不多的时候。鱼肚子里总有些小蟹子和其他器官，对于一个五岁的小孩子来说，可以快乐地玩上一个下午。

一个周六的下午，我们手里提着鱼，走在回家的路上，经过一间门窗都已经封住的废弃小屋。在屋子的前院里，一个无家可归的男人正收集着盒子、报纸和碎片，在此露宿。我记得他的棚子里有几个牛奶箱子，颜色鲜红，很显眼。他这个棚子对于一个五岁的小孩子来说很像一座堡垒。但它比我和姐姐经常把长条沙发堆在一起做成的堡垒要好。这个堡垒在室外，并且防水。它很牢固，也是一个可以长住的地方，如果我是个成年人，我会觉得这很悲惨。但那时我只有五岁，很受鼓舞，因为他把我最喜欢的两样东西结合在一起了——建造堡垒和露营。我告诉爸爸回家以后我不会帮忙剖鱼。我要马上建造我前院的露营堡垒，欢迎他帮我。我指着那个男人道出了自己心中的惊讶情绪——一直以来，我都可以在房子前院露营的。我从来都不记得我小的时候还有什么事比这个更让我坚定信念的。我爸爸跟其他人的爸爸一样——为我带来了不好的消息：

爸爸：那人不是在露营，他无家可归。

我：他为什么不住在自己的房子里？

爸爸：那不是他的房子。

我：哦，那谁住在房子里？

爸爸：没人住。这座房子的主人不住在这里。他在其他地方住，所以所有的窗户都用胶合板封住了。

我：如果房子的主人不住的话，那他为什么不让这个露营的人住呢？

爸爸：因为这个人付不起房租。

我：什么是房租？

爸爸：房租是你付给某个人的钱，付了钱你就可以住在他的房子里。这个露营的人没有付钱。

之后，我们的谈话就带有一点科技知识了。爸爸不愿意把我和姐姐当成小孩子看待，他总是尽量地把我们当成成年人来跟我们说话。这在解释鸟类和蜜蜂的时候行得通，在解释汽车是如何运转的时候也行得通，但是当他解释宏观经济基础的不利因素时，情况就不一样了。我不能清楚记得爸爸是如何解释的，但我记得他的解释对于小孩子来说是不够的。我记得这件事情第一次在我心中激起了对道德的义愤，这种义愤在我以后的人生中为我带来了巨大的成功，也为我带来了惨重的失败。无论解释是什么，我都不能把这件事情忘记。无家可归的现象怎么能够与不利因素共存于同一社会、同一城市、同一地段呢？这有悖于逻辑。

我继续问爸爸："这个露宿的男人可以跟我们一起住吗？"当时我并不是有意要为难他。

我不记得爸爸是怎么回答的了。我不敢去想。我记得当时他的理由并不充分。从那时候起，所有的解释都一样不叫人满意。从某些方面来说，这是我首次对建筑学和建筑环境产生兴趣的基础。金融与建筑环境密不可分，我这一思想的基础就是由这段经历奠定的。

6 | 金融建筑师（建筑的经济简史）

金钱与资金开始主导建筑界的对话，因此我把金融建筑师放在十种建筑师之首来谈。在所有用得上工艺的地方，我们都不得不让每分钱都花得物有所值。每个人都想用更少的资金获得更多的价值。我们的文化信奉东西和物质，拥有的越多就越好。目前的经济危机在某个方面就是这些本能的派生物，但矛盾的是，经济的复苏又会强化这些本能。

今天我们觉得自己遭到了剥削——华尔街、华盛顿以及我们自身。未来，我们将做出一些选择，它们与价值、透明度和永久性有着更为密切的联系。它们会避开晦涩、眼前满足以及浮华。这条转折之路布满泥泞，因为当我们反对消费者文化的同时，看上去我们又在欢迎它。但是，不管我们喜欢还是反对这种以金钱为主导的文化，我们都需要对它了解得更多——这就是为什么金融建筑师排在第一位的原因。

故事围绕着20世纪80年代展开。在80年代，美国因为经济、文化乃至建筑方面发展方式的不同从而成为金融大国。为了弄清楚其根源，我们必须自几十年以前开始回顾，从世界大战期间和建筑中现代主义的兴起谈起。从建筑的实践方式上来看，现代主义是一种完全的决裂——这个事实经常被人们忽视，因为其形式的变化也同样显著。但是，现代主义带来的最重大的变化并不在于它造就的建筑类型，而在于它造就建筑的方式。

从某种意义上来说，现代主义给建筑实践带来了平均主义。古典建筑中的各种方法得到了合理的应用。我们需要了解其中的一些秩序与细节。客户希望得到传统的设计方案，因此，获取任务并不一定与出色的想法或者勇于创新有关。成功地获取任务与很多外部因素有着更为密切的联系，比如个人在社会中的位置，特别是与有权有势者所构成的圈子之间的联系。

这种情况在今天仍然存在，这引人争议。但是，现代主义隐含着一些与众不同的东西，至少从哲学意义上来说是这样的。它表明伟大的建筑来源于规则与理论的严格应用——建筑与科学、数学及工程学一样，其逻辑是*神圣的*。

这种变化的影响是广泛的。下一个伟大的数学定理同样也会来自下层人民的智慧，新的建筑也是如此。在数学与工程学中，好作品就是好作品，我们有一些客观的方法来衡量对与错。如果一个杰出的新定理由一个大学肄业生、街头乞丐或者富贵家庭的子弟提出，那么这个出色的想法不会因其出身而变得更加出色或者黯淡。出身卑微的人提出的概念可能会因其具有的浪漫色彩而吸引更多的注意力。

现代主义自身也有"偶像派建筑师"，但其内在结构保证了偶像派建筑将变成这一行业的永久标志。跟电影业与职业运动一样，说服人们接受长时间的工作、低廉的工资并冒较高风险的唯一途径，就是让他们看到自己提升社会地位和经济地位的可能性。他们必须相信自己可以达到事业的鼎盛时期——这种可能性就在现代主义的时代，而不在古典建筑的时代。通过说服人们相信自己可能会成为明星，我们会保证他们满足于当前自己还不是明星的事实。很多建筑师一直到五六十岁的时候才有声望，才获得了经济上的保障，我们要保证三四十岁的建筑师不会要求那么多。他们要相信严格按照标准把自身技能坚持不懈地应用到实践中去，总有一天会得到回报。现代主义中的伟大建筑是巧妙方法运用的结果，而并非社会地位造就的。同样，每个人都可以到达建筑业的鼎盛时期，最起码从理论上来说是这样的。从文化方面来看，这与美国和欧洲的战后时期都相吻合，战后工业迅速发展，人们坚信努力工作就会得到回报。

尽管不必把这种乐观主义的美好状态作为本书的一个主题，但这是发生在我们国家的情况。美国人民坚信正直与成功之路，这是他们已经拥有的美好乐观的固有思维方式，但是，买通门路的现象、水门事件以及越南战争瓦解了它们。我们开始明白好人并不一定一直是赢家，坏蛋也不总会被抓到，有时候努力工作与幸福生活并不是相辅相成的。同样，类似的情况也以后现代主义的形式在建筑学中发生着。后现代主义在现代主义制定的规则面前逐步瓦解，在这个过程中，它在现代主义承诺建立的乌托邦面前也受到了损伤。

进入20世纪80年代之后，随着里根经济学与解构主义的结合，在文化与建筑方面发生了更多的变化。这些变化足以让我们看到，在过去的30年中我们觉得越来越富有——迅速地。财富没有平均分配——事实上，绝大多数的人并没有看到任何实际的收益。但是信贷越来越容易让我们感受到自己变得富裕了。看上去，我们需要地方来安置那些钱。对于上一代人来说，这从来都不是问题——大部分人没有很多闲置的钱，他们没有这个负担，所以不必担心如何来处理这部分钱财。随着可支配收入的增加和信用额度的提高，人们想利用这部分钱做点儿事。

一个繁荣发展的社会发现人们花钱的方式越来越可笑。消费产品必然会吸引着人们。消费者的购买行为所面临的困境是他们的消费是一种负投资。我们买了一台中意的大电视，它带给我们满足感，但这是短暂的。技术在进步，邻居家买了一台更大的电视，因此我们的电视机所带来的满足感就停止了。

对于金融与经济策士来说，1973年是一条分水岭：这一年美国的发展停止了。二战结束之后，美国的经济与生活水平每年都在上升，有时候上升的幅度还非常大。赎罪日战争之后，油价出现第一次大幅上涨，这是固定汇率的一次松动，是消费价格的双倍增长，1973年因此而与众不同。[1]联邦储备委员会紧缩了货币供应，可以想到，紧跟着经济衰退期就来了。但是，经济复苏之后，美国的生产力没有——至少是没有恢复到以前的水平。同时20世纪70年代见证了一些项目中监管成本业务的上升，包括职业安全、卫生管理和环境保护署。[2]保守党花了十年的时间总结出一种观点：美国生产力的下滑是由于监管、税收和通货膨胀对各项业务造成了太大负担，看来，这一看法越来越有据可循。恢复生产力的唯一出路是摒弃政府对美国商业的干预。

里根革命就是在这样的基础上进行的。对金融业管制的解除始于20世纪80年代，它为个人在资金支持方面提供了越来越多的选择空间。总体来说，政府放宽了对银行的限制，以便让银行在如何分配他们的资金方面拥有更多的自由，所以银行就能在如何利用你的资金方面提供更多的可能性。

　　我们开始看到国家财富的迁移，它们从本地银行的储蓄账户中转移到华尔街。又一次，我们对经济变化不再深感兴趣，我们感兴趣的是这些经济变化是如何塑造文化的。具有讽刺意味的是，美国人实际上并没有更加富裕。甚至到了20世纪80年代末，一般家庭的实际收入也只是比70年代早期的一般家庭高出5%——这还是通过延时工作而得来的。[3]但美国人开始认真思考迅速致富的门路。快速致富看上去越来越可行。

　　也许没有哪种变化比人们对电视剧品味的变化更明显了。60年代人们喜爱的角色具有连贯性：我们喜欢西部探险节目（《马拉蓬车队》）、坚定不移的个人主义节目（《发财机遇》）、财富的笑柄（《豪门新人类》）以及反映小城市的淳朴友好的节目（《安迪·葛瑞菲斯秀》）。70年代我们的品味有所不同，但它们都有相似之处，且存在着内在连贯性。我们喜欢蓝领英雄主义片（《拉文与雪莉：爱心千万万》）和对淳朴岁月的怀旧片（《快乐时光》）。80年代，我们的品味发生了巨大变化，最受欢迎的电视剧总与幸福生活相关，除了1982—1983的上演期之外，那时候《60分钟》的收视率位居榜首，其余的年份中最受青睐的有《达拉斯》、《王朝》和《考斯比一家》。《考斯比一家》像是转变的标志：从对财富的神往转变为对财富的安慰。富人不再被描述成耸人听闻地使用卑鄙手段陷害别人的人，而是善良友好的邻居，他正好是名医生或者律师，非常有趣。

　　我们非常清楚富有的生活是什么样的，而且这种生活看上去不是不能实现。

　　豪宅现象是由这种文化进化所带来的，是建筑学的发展中最普遍的现象。它是新的财富文化最为普遍的表达。它当然不能代表真正的财富。很多情况下，建筑物建造得很匆忙——它只是一个模仿秀，旨在把旧式财富的确认权过渡到新式财富（新型借贷）的拥有者手中。而地块的面积一般保持不变；即使你有了一处光鲜的庄园，你也出不起钱让这一处庄园名符其实。但是家产是以面积评估的，而扩大的面积与电视上所展示出来的财富至少存在一些关联。

反建构主义本身也是80年代财富文化更为明朗的一种表达。从根本上来说，反建构主义是富人的建筑。乍一看，它也许是形式风格最民主最折中的表达。很多人认为盖里设计的圣•莫尼卡城的房子是最早的反建构主义的建筑，而且它是由简单常用的材料建成的。它唯一的阔绰表现在其设计的新颖与浮华之中。但是，我们期望"富人的建筑"来展示某些品质，这些建筑物的品质可能与我们从富人或者富人阶层中所观察到的品质相一致。我们可能会发现一些引人注目的消费行为，或者是贬低实用性的行为。当一个人或者一个社会变得富裕起来，找出自身或者其他人购买行为的合理依据的必要就变得遥远起来。不必担忧实用性和耐用性，多愁善感的情绪也不在了，因为担忧就是对贫穷的缄默告白。在这样一个社会中，4美元一杯咖啡听上去开始变得合理了。

我们已经提到，与其说80年代是真正富裕，倒不如说它是看上去富裕，为了让一切看上去富足，人们必须大张旗鼓地宣布摒弃实用主义。人们必须沉迷于过剩的表象之中。人们在电视和电影中都是这么表现的；锐利影像公司的产品出现在地方的商场中。消费在这里产生了。但是，一个人可用在拿铁咖啡上的可支配收入是有限度的。投资作为一种理性行为，慢慢渗入到大众的意识之中。那么，哪种方式可以更好地分配你的可支配收入呢？你可能会把它们投入到华尔街，而不是去进行即时消费或者让钱休眠在当地农场主的银行里。这时候，如果你做出了正确的决定，那么钱就能生钱，你用这些钱就可以支付孩子上大学的费用，而且余下的数额也足以让你在退休之初一直享用拿铁。

风险是实现这一方案的唯一障碍。有的人准备好去承担这样的风险，但有的人就没有。华尔街在20世纪80年代是赚钱的好地方，但也有很多普通的美国人很清楚地看到了风险——如果把大笔资金拿给另一座城市中的陌生人，而自己对他的投资一无所知的话。也许，这种谨慎的态度遏制了80年代美国经济灾难恶化的程度。

在80年代，人们并不是没有因此恐慌过。80年代初期，经济就开始衰退，物价上涨率达到了两位数，很多人至今仍对1987年的黑色星期一记忆犹新，它粗鲁地摇醒了我们。很明显，市场中充满了风险。但是很多因素的结合使风险日益减少，其中包括技术的传奇诞生以及货币政策的出台。

人们渐渐开始相信，我们正处于一个崭新的复兴阶段，技术的不断进步使人们的生产能力越来越强，我、你以及每一个人的经济产出也在增长。技术产业好像是一片投资乐土，那里树木参天。技术会不断进步，因此我们的生活会变得更加健康、幸福、富有。促进经济富足的措施有很多，但我们会这样想：如果电脑让你花4小时的时间完成以前需要一天才能完成的工作，那么花一个工作日你就能够完成两天的工作。如果是这样，那么你就应该得到双倍的报酬。因此电脑的引进把经济效益提高了一倍，这种效益从早晨起床、系上领带的时间起就产生了。这是一个非常简单的例子，但人们一般都会认为由技术带来的经济收益是强大的，它无处不在，并且持续不断。

不幸的是，这种观点是我们以货币政策买进的。当经济快速发展的时候，人们就会把资金投进来，拼命想依靠经济的繁荣赚钱，这是人性中最基本的一条规律。如果人们没有将足够的资金投入到经济发展中来，那么银行就会崩塌，股市就会下跌，失业等各种现象就会出现。如果人们在经济发展中投入了过多的资金，他们就会把物价哄抬到一种完全不靠谱的水平，就像在IT繁荣的20世纪90年代发生的那样。联邦储备系统负责帮助人们控制他们投入到经济发展中的资金，以避免出现两种非理性的恐慌局面：一种是人们过量投入资金，再一种是人们从经济发展中抽出过量资金。

联邦储备局越来越相信，投资者将技术视为灵丹妙药是完全正确的。数十亿美元从我们的口袋中流出转而流入到科技股份中，这并不是因为一种非理性的繁荣，而是因为美国的投资者知道这样一个事实：技术会使我们所有人致富。联储局不断改变货币供应量以利于人们投资，从而把这种错觉保持下去。它希望资金保持流动。你可以想象这样的场景：一位投资者坐在电脑旁，一边看着这个泡泡胀大，一边自言自语"嘿，这个泡泡要破了"。联储局意识到投资者产生了焦虑情绪，就会将利率降低0.5%。突然，投资者的疑虑消除了。新的更低的利率使投资产生了收益，从而抵消了泡泡胀大而带来的潜在损失。于是，他继续将更多的资金投入其中。

从文化视角来看，所有这些事件叠加在一起，使我们的风险意识迟钝了。这是酒吧常客与不道德的酒保之间的一幕戏剧，客人说："不，不，够了"，而酒保还在不断降低饮料的价格。

战后的文化欢迎人们努力工作，欢迎人们进行储蓄。80年代的文化却告诉我们可以快速致富，但要追上潮流还是存在太多的风险。最后，到了90年代，在货币政策的参与和技术发展的推动下，我们看到风险消失了，于是就加入了进来。财富变得没有风险，并且容易到手。这种转变在存款利率中体现得比其他任何地方都明显，70年代末期利率飙升到15%，而当大衰退登陆之际它跌到了3%。

随着集体经济文化的逐步发展，建筑业也在发展。反建构主义与80年代的资本主义根本上有着相似的思想根源。面对我们的怀疑情绪，他们抓住了冒险的机会，并在那一刻拥抱了成功而没有理会漫漫长路中的安全保障。在一种更加注重实用的文化之中，反建构主义的很多思想永远都在这个写生册中占有一席之地。但是，在一种赚钱容易而又宽容高风险的文化中，很多事情都是可能的。荒诞之事成为趣谈，非理性也成为一种前卫。我们甚至能够说服客户把建筑建造得使来者迷失方向很有趣，或者很重要，或者不去理会他们自己的方案。我们甚至能够说服客户花钱建一根非结构用的柱子，它甚至都不建在地面上。只有当这些钱来得容易——或者属于其他人的时候，这些重大决定听上去才能让人接受。

当我们开始了解这些的时候，局势恶化了——恶化了很多。从根本上来说，这是因为树木不能长成参天大树。IT的泡泡破裂了，事后我们才了解其中的原因。人们应该从经济发展中把资金全部抽出来，除了那些与货币政策再次勾结的领域，它们串通起来排斥人们对无风险投资的饥渴。

当投资网络股市开始变为糟糕的主意时，对房地产投资的想法看来就非常值得赞同。想象一下在1995年将10万美元投资到股市的个人。到了1999年，这个人会很容易地把这10万美元变成50万美元。但是到了2000年，这50万美元可能只值40万美元了。在一片恐慌之中，这名投资者一下子从股市中撤出了自己的资金（这样，偶然间它就促进了股市的自由下落），但是把这40万美元投资在哪里呢？你不可能把这么多资金以现金的形式随意搁放。这时候买一座房子或者一套公寓看来就是个不错的主意。股市中的大起大落令人绞痛，而房地产是一种传统的安全投资，它可以让投资人喘一口气儿。联储局再次转动它的使能器，将利率降低到1%。

但是，匆忙投资到房地产中却忽略了一点：我们的文化已经发生了转变。对于在生育高峰期出生的那代人来说，房子是种不错的投资，因为你付了首付款（这可是你多年的储蓄），按月支付抵押贷款，几年下来你就有了一些宝贵的资产净值。在八九十年代，那些掌握经济与行业实力的投资者对这类投资不感兴趣。从传统意义上来说，投资房地产是很乏味的。没有人愿意坐在那里静候10年，等待投资的回报。但投资的根本性质变了。为了让房地产投资能够吸引已经转变了想法的人们，必须降低它的风险，加快回报的速度，提高收益的数额。不高的利率以及网络财富把我们推出了上一代人的那个群体，他们稳定、中产、拥有房屋。我们买下南海滩的公寓，可是它还没有建成。我们想拥有这些，一旦公寓建成出售，第二天我们就会迅速转卖出去，使手里的钱翻番。建筑业也觉得这种做法非常棒，因为它能从预售中筹得资金，然后用于其他的项目建设。

人们认为建筑环境价值不高，对此也缺少尊重，因此房产业变成了新的泡泡。跟IT泡泡一样，我们认为这没有风险。同样，货币政策寻求改变我们对风险的概念，为我们提供了极大帮助。

20世纪80年代的经济政策为我们的文化，也为建筑形成了一种思想背景，但破坏我们的建筑环境的却是90年代。在90年代，我们开始把建筑环境理解为一种投资工具。在很多领域中，家、办公室或者公园的神圣性以及由它们衍生出来的无限可能都被移除了。我们思考自身所处环境的方式也发生了巨大变化。

如果一所房子只是一种投资的工具，那么我们关心的主要问题应该是："以后我们可以用它赚多少钱？"在这种新建的经济体系中，大众与构造学开始变得无足重轻。如果我们关心的是二次出售，那么我们会把所有精力集中在那些最普通的品质上面。我们想要的房子要尽可能地大，它普通，毫无特征，装饰细节也毫无出彩之处。当然，其地理位置比它本身甚至更为重要。

如果有人关注这所房子并想在此居住，他就需要建筑师的服务。建筑师可以告诉他怎样打造一处自己的房子。如果这个人只是将这所房子视为一种投资工具，那么他就几乎不需要建筑师。他想咨询的人，必须能够告诉他怎样才能让自己的房子卖给他人的时候最值钱。他将会咨询建筑公司、开发商、信贷员以及无所不知的房地产经纪人。

因此，建筑师很少参与我们国内的房地产市场。并不是因为他们不想参与，而是因为在过去的30年中我们对建筑环境的经济与文化期望已经改变了，以至于公开讨论的各项事宜与建筑师毫无干系。

这些听起来可能让人沮丧，但有一个事实除外，就是这一局面成功打破了。泡泡已经爆裂。我们失去了大量财富，但希望大家能够吸取教训：亏本的投资工具不在少数——如果它所承诺的只是短期的无风险回报的话。为取代这种虚构的东西，我们的文化必须回归到那些永恒不变的真理中去。

希望这有益于建筑实践。人们将在他们的建筑空间中附加更多的价值，而建筑师的洞察力将更受青睐。但是，建筑师必须以同样富有洞察力的方式来理解转变的基础。我们必须了解为*什么*有的人会看重我们的观点。

若以金融和资金为基础的话，设计师的决定很容易受到挑战。每个人都想要自己的东西，你在他们的建筑中花钱越多，他们在其他方面可用的资金就越少。设计师宣称："你的建筑中需要这个。"只要顾客不认为太贵，他就会倾向于同意；这样，建筑师的判断受到了质疑。也许在其他行业的服务中你不会听到这样的对话。如果律师告诉我们遗嘱中需要这五项条款，而这会花费我们500美元，那么很少有人会告诉律师："500美元太贵了，我认为我不需要这些条款。就要四条吧，我只要付400美元就行了。"

就是这种荒谬现象点燃了我最初对金融的兴趣，促使我进了商业学院。我开始理解商业与金融业中的语言。我并没有对商业之类——或者说成为一名商务人士，不管是什么——特别感兴趣，我只想了解那些除了建筑师之外的人对建筑所做的各种决定，他们为什么做出这种决定，又是怎么样做出这种决定的。我希望找到的是技术与方法的冗余以及文化与发展的不足。从某种程度上来说，我所发现的情况却与之恰恰相反。金融就是一个过程——是思考世界的一种方法。实际上，不是所有方面都与设计不同。它跟预算或者消费没有任何关系，而与非数字量化和非货币形式的现象有关。那些研究金融的精英级人物试图量化这些神秘的东西，比如风险、时间、恐慌以及社会思维。那些研究经济的精英级人物则试图从根本上理解决策的制定。在我看来这些都没有超出建筑学的范畴。对我来说，金融只是研究事物如何运转的——研究如何让想法从展板走向剪彩——我就是这样接近金融的。

如果我们在乎将想法从展板移到建筑场地的话，那么我们就是种种力量的主宰者，而这些力量控制着转变的过程，这是我们自己的功劳。从本质上来说，我是一个现代主义者，一直都记着格罗皮乌斯教给我们的：我们需要"使建筑师成为社会、心理与经济的协调者，事实上建筑师是艺术家和技术专家。"[4]

　　我们应该关心一切与设计思想相关的最终决定。在这个"一切"之中，金融看上去至关重要，至少它也跟"设计事宜"的大伞笼罩下的其他事项一样重要。20年以前，人们认为可持续性处于建筑的"边缘"位置，很少有人讨论它。几十年之后，它已经成为设计中最为重要的事项之一。为什么？因为对这个社会来说，它变得重要了。同样可以推理，金融问题也会在我们的职业风景画中画出同样的弧线。

　　金融与经济是有联系的，我的这个观点并没有得到广泛的传播，但我在读研期间努力试着理解这种文化空白以及其他东西。跟我谈话的建筑师学习了金融知识，其途径与我原来用的一样——通过聆听别的建筑师的谈话来学习，这就是我的工作原理。通过大我很多的前辈对一些事情的谴责以及他们与富有的客户进行定期的谈话（通常是他们要求我降低成本的时候），我慢慢理解（误解）了世界上的金融运作情况。我错误地认为金融与建筑只有一个真正的交点：成本。

　　商业学院告诉我，我的一些想法是大错特错的。商业学院中所学的知识无不与建筑学院教给我的有关建筑学的知识一致。但是，建筑学院教给我的有关商业的知识却完全谬之千里。如果有人记起整个社会都在培养有关金融与资金的错误概念的话，那么整个建筑业在金融与资金方面都在培养错误概念的说法看上去就不会显得傲慢自负。如果艾伦·格林斯潘与吉姆·克莱默也犯这样的错误的话，那么建筑师可能也会如此。

　　这些错误认识是从哪里开始的呢？想象一下，你受邀参加一个晚宴。女主人是你的好朋友，她非常热情，会定期举办晚宴，邀请各个圈子里的朋友和熟人，她把朋友聚在一起，偶尔也有陌生人，这样谈话会富有生气。

　　受到邀请的时候，你问女主人自己可以带点什么东西。她回答说：

"哦，那就带点啤酒如何？"给你这个任务，可能是因为女主人认为你很会挑啤酒或者是出于其他一些不明原因——你接受了这个要求，因为事实上你确实擅长挑啤酒。你是一个啤酒迷，懂得什么场合该喝什么样的啤酒，至少你朋友是这么认为的。

晚宴之夜就看你的了，你获得了带酒的权力。你来了，桌子已经摆好，大家都玩得很愉快。其他客人带了面包、奶酪、开胃小菜和红酒。大家聊得很活跃，并且在这里交了新的朋友。积怨化解，新怨诞生。总之，是非常典型的一个晚宴。走的时候，你看到剩下一些啤酒，但为了表示礼节，你留给了女主人。

一个月过去了，你再次受邀参加晚宴。情形是一样的，只是宾客名单稍有出入。你被抬得很高了，所以你又问是否有东西需要你带。你再一次得到了这样的答复："哦，那就带点啤酒如何？"这么说没有什么不寻常的——你只是认为它是对上次你选对了啤酒的赞美。因此你这次带了更多的啤酒，又一次生动的晚宴载入了史册。在这个过程当中，你恰好再次发现又有剩余的啤酒，它又归女主人所有了。

几个月来这样的情形一次又一次上演。你成了"啤酒伙计"，尤其对女主人来说。在家长教师联谊会上你偶然遇见她，她开玩笑地问你怎么不带啤酒。她开始在晚宴的谈话中称呼你为"啤酒伙计"，啤酒选得不好或者不够喝的时候，你就会遭到大家开心的指责。

从这一系列的事件中，你只能得出一个结论：*女主人酒瘾很严重*。不然她为什么一直要求你带啤酒呢？不然她为什么总是留下剩下的啤酒——偷偷地独自饮用呢？你觉得自己已经成为使能器。其他宾客带着这个或者那个——你确实不知道其他食物是从哪来的，甚至经常不知道都有些什么食物。你唯一确定的是自己带来了啤酒。你也意识到当你让女主人无法回避她有酒瘾问题的时候，你可能再也不会被邀请参加晚宴。这就是贵族的命运，对吗？他们冒着风险，做出了正确的选择，然后就会遭到惩罚！但你对情势的分析以及之后的补救行动充满信心。毕竟，你是啤酒伙计。还有谁会是诊断酒瘾更合格的人选呢？

当然，说到这里情况就开始有点愚蠢了。如果我们有朋友像这个"啤酒伙计"那样或者也得出他那样的结论，我们会认为他不擅长社交——如果算不上是地道的白痴的话。啤酒伙计取了几点不连贯的信息并做出了不缜密的结论。他运用了一些特定知识（啤酒知识），并在此基础上推理出一些有关社会行为、心理、酗酒和道德等问题的专业知识，如果是这样，那就更糟了。

对于啤酒伙计以及其他任何人来说，准确地划出自己所掌握的知识的界线并不容易。"明白你所看不见的领域"也许是不可能的，也许是没有必要的。我们需要做的是警惕我们陌生的领域。我们的设计应该围绕着房间里无形的大象而进行。换句话说，我们应该努力避免像啤酒伙计那样。

作为一名建筑师，这可不总是那么容易的。行业内有些结构性的力量，它迫使一个人做出说明。周围的环境要求我们为不可为之事——当我们知道那里还有很多东西我们都不了解的时候，却还要做得像个专家，消除不确定感（至少是在公共场合下），戴上天才的帽子。没有人愿意雇佣一个一直耸肩挠头的建筑师；如此诚实的下场是不再拥有充足的客户。[5]建筑师面临着困境，要穿越那些充满未知和变数的领域，通常来说唯一的出路是对此置之不理。

同理，啤酒伙计可以通过不理会那些小插曲从而克服它们。选择不理会女主人要求他带啤酒只是宴会的一个方面。他也可以选择忽略这样一个事实：其他宾客带来了奶酪和面包——换句话说，他们也同样做出了宝贵的贡献。他拒绝承认一个只供应啤酒的晚宴不算什么晚宴（虽然，应该承认，这可不一样，这样的晚宴可能更像样）。他忽略了这样一个事实：女主人付出了大量的劳动，而这些劳动不会转化成食物。安排时间，邀请宾客，思量座位的安排，决定让谁跟谁坐在一起，这样安排能不能使谈话生动有趣，会不会引发争执，能不能使邻座成为朋友或者缔结姻缘。啤酒伙计从来没有面对过宴会结束之后堆成山的盘子——而这正是需要女主人独自完成的差事。最后，啤酒伙计让自己远离了宴会之后产生的副效应——流言蜚语。

总之，啤酒伙计限制了自己的视角。如果他能够拓宽自己的视野，他就不会得出自己的那些结论；或者，考虑到这些情况，他会原谅女主人宴会之后的饮酒行为。

作为建筑师，我们理解建筑。我们了解它们，比从事其他行业的人了解得更加详尽。可是，我们理解建筑的方式是人们可以理解建筑的唯一方式——这种认识有点愚笨。如果把有关客户的所有事宜都归结为我们面对的最直接的问题——成本，也同样是心胸狭窄的表现。我们与业主、业主代表、开发商和政府共同努力，他们有很多悬而未决的事情，像一个一个悬在空中的球，假设投向我们的球（成本）是比赛中最为重要的（或者唯一的），那么我们得出错误结论的唯一原因是：这些结论是从最初的错误概念中推断出来的。

我所知道的客户担心很多东西。他们担心回报率、风险、时间以及机会成本。所有这些顾虑都是"金融"问题。事实上，很多其他因素可以让

"成本"变得无关紧要。如果一个工程的回报率相对于风险来说较高，或者其盈亏平衡点相对于客户的其他机会来说很高，那么不管这个工程耗资多还是少，可能不会真正有太大的关系。

通常建筑师不会专注于这些事情——它们主要由客户负责。这些是客户在咨询市场分析师、证券机构、放款人、融资顾问、购买者或者律师的时候分析权衡的事情。

跟晚宴中的其他宾客一样，上文提到的那些专业人士也把一些东西带到了桌面上。作为建筑师，不管我们认为他们的东西是否重要，都不会改变这样的事实：客户认为这很重要，或者我们的命运就被他们的携带行为改变了。

客户把这些信息公开了，种种公开的信息形成了一口信息熔炉，影响着他们的决定。对信息熔炉中各种不同因素的权衡就是一种融资过程。大家都知道客户会就成本问题大声谴责建筑师。我们也都知道这确实是真的。但是，这一事实绝不说明只有这一点才对客户重要。客户的首要任务是降低成本，阻挠建筑师努力建造"优秀"的建筑，这种想法在建筑师之间广为流传，但是我们必须挫败这一想法。如果我们可以承认客户的决策过程非常复杂并且切实可行，那么我们就可以把自己的设计融入到这一复杂的过程中，而不是倚靠在那些夸张的描述上。这并不是说我们会完全按照客户的想法去做。这样的建筑师有很多，他们不在我们考虑的范围。这意味着我们要努力理解周围新兴的复杂事物，并对它们负责。要想超越自身视野的局限性，我们必须挑战对成本、价值以及风险这些基本的金融概念的传统理解。

7 | 伟大建筑犹如拔牙

引言中提到的补牙的事情还没有解决，至少没有像我想象的那样落实。论文学期中我补的牙掉了，我没有去修复，因为没有时间，也没有钱。"踏入社会"也仅仅是数月之遥的事情，之后所有事情都会变得简单。我会有钱，有空闲，有保险，心智健全，等等。同时，我有模型要建，有演示要做，还要处理造型。我盯着被忽视的牙齿，充满内疚，每当这个时候我都会脸红。我向它道歉，向我的牙齿承诺一旦踏入社会就会给它必要的关注。

几个月以后，我踏入了社会，但它并不像广告中所说的那样。我没有工作，搬回去跟妈妈住在一起。没有了论文的压力来分散我的注意力，我开始感觉到疼痛加剧，它如影随形，而我无处可逃。牙齿上的窟窿越来越大，似乎成了我对现状忧虑不安的功能储藏室。通过朋友的朋友，我设法得到了一个免费咨询牙医的机会，他给了我几种选择。牙齿在几个月之内不会有问题，但它可能会在某个时刻断掉一半。牙医说这种可能发生的断裂等同于从眼窝里生孩子，会是我能想象得到的最痛苦的事情，对此我信以为真。我跟他说了一下我的就业情况，他告诉我："如果你觉得在未来几个月内你能找到工作，我们就可以放任不管。如果你觉得你可能找不到工作，你就不得不修补。"这是我早就知道的。

我想了片刻，倾向于后者。

"要怎么样才能解决这个问题呢？"我问。

他说："你得弄一个牙齿根管和一个牙冠，这要花3000美元。或者我们可以拔掉它，花225美元。"

这不是我第一次认真思考价值和建筑，但这件事让我从不同的角度进行思考。在那一刻，我明白了经济衰退到底是什么：那就是补牙与拔牙之间的区别。拔牙毕竟是针对穷人的。我的父母都在一贫如洗的环境中长大，理所当然地有他们自己的解决办法。牙齿并不是因为年老而衰——它们是贫穷的童年留下的印记。而且父母一直在工作，以确保我不会像他们那样在贫穷中长大，以给予我中产阶级所能享受的好处，以及现代牙科护理的奇迹。他们一直在工作，在支付保险费用，而我却陷入了窘境。

我没有3000美元，也没有225美元，但妈妈愿意借给我。我勉强决定把牙齿拔掉。让我的大脑来应付这些可不是件容易的事。我的所有成年生活都献给了建筑。从学校毕业的时候，我的债务就达到了六位数。为了建筑，我奉献出了无数的不眠之夜。我付出了健康、青春以及很多段爱情。现在，我不得不放弃一颗牙齿？真的吗？为了得不到回报的事情？这好像又要回到过去了。

但最让我沮丧的时刻还是来了。225美元只包括普鲁卡因的注射费用，不是全身麻醉。我思考了一下，是不是要另花100美元买些乙醚。我决定不买。毕竟，这是所有人都需要做出牺牲的时候，我愿意把忍受疼痛作为我的贡献，为其他更重要的事情，而不是舒适，节省这100美元。

普鲁卡因确实是麻醉了我的下巴，或者说是我的大半个下巴，但拔牙却是我的生活中比较痛苦的时刻。白齿当腰啪地一声折断了，听上去像是陶瓷制品碎裂了。声音很小，却像来自我的脑袋——那里一般不会产生这样的噪音。这声音听上去很陌生，就像胸膛里面鸟在叫。当我听到碎裂的牙齿落在金属托盘中，叮当作响，像标点符号，我重新理了理头绪。

对于我这是珍贵的痛苦时刻。这个时候我在想："这就是建筑的价值所在。"这也是深深懊悔的时刻。我后悔没有使用止痛药——发誓再也不会犯这样的错误；我并不认为把牙齿拔掉是个错误的决定，但是一直属于你身体的某个部分不在了。即使它只是颗牙齿。在这个时刻，我们从心里重新调整了对重要的、有价值的东西和必需品的认识。

牙齿拔掉的那一刻，我对建筑的浪漫怀想以及对它的种种信任也被拔掉了。以前我认为建筑需要一些牺牲——有意义的事情往往如此。在那一刻之前，我把那些牺牲也浪漫化了。我有些相信牺牲将让我成为一名更加可靠的建筑师——它们会证明我对建筑的热爱有多深沉。我下巴上的窟窿以及我鞋子上的窟窿（比喻，也是当时的实际情况）表达了我的真诚。如果你渴望从建筑中索取更多的话，就有点不尊重它让人难懂的天性。所有英雄在找到自己的道路之前都在贫苦中默默无闻地跋涉多年，不是吗？我现在的牺牲最终都会写进我自己的故事中，而成为我热烈持久地热爱建筑的证明，不是吗？

接下来的几天里，透过维柯丁和冰袋的薄雾，我剖析了所有的假设，并把它们丢弃。原谅建筑在现阶段给我带来的屈辱并不是爱它的一种行为；如果一个人真的想去热爱它，挑战它的价值应该是一项长期的任务。

对于建筑，我们应该期望付出与回报相符。

8 | 价值建筑师

为了扩大自主权，我们必须理解我们所做的一切的真正价值。首先要理解的是，成本并不是一种决定因素。我们的心灵与思想并不是寻求"便宜"的东西，尽管看上去经常是这种状态。如果我们认为在20世纪的经济发展中，购买一处小平房的汽车工人和购买一座大厦的富翁，其行为都受同样的动机支配的话，那么它就是：以最少的金钱获取最大的价值。他们的购买行为可能会带来不同的回报，但他们都在寻求*高价值*，而不是*低投入*。因此他们之间的主要区别在于他们估算价值的方式不同。价值只是一种差值，它产生于事物的估算价值与它明确的客观成本。现代经济理论把变量与异常现象囊括进去，总之，从长远来看，通过大量的实例，这是千真万确的，这样说就万无一失了。我们做出决定的基础是价值，而非成本。

尽管它非常复杂，但其价值的基本公式非常简单：

$$实际价值 - 成本 = 所得价值$$

以汽车工人购买房屋为例。他看到了两处并排的房屋。当然，这两处房子处于同一个社区，条件一样，但左侧房子的面积要大25%。很奇怪，它们以同样的价格A出售。这个A会因房子的社区和地理环境而产生很大差别，我们假设就把它看作是20万美元。汽车工人可能不需要大房子——也许从面积来说，右侧的房子正是他需要的。但他应该买右侧的房屋吗？经济学可不这么认为。因为左侧的房屋可以让我们以同样的成本获取更高的价值，因此这笔生意更合算。房产经纪人在一定程度上是通过房屋面积来决定其价值的。如果左侧的房屋面积大出25%，那么其价格也应该高出25%，一切平等。假设我们买了一处房子并打算明天再售出，那么以20万美元的价值我们可以选择任意一处。但是我们可以把左侧的房屋多卖25%的价钱。

这是一种直觉。即使是我们真的、真的想要右侧的房子，我们也会以20万美元的价格买下左侧的，然后以25万的价格卖掉，再用这赚取的5万美元作为右侧房子的首付。

相反，如果汽车工人不得不在同样面积的房屋中选取一处，他会怎么做？如果两处房屋完全一模一样，但是右侧的更便宜一些，他又会怎么样呢？在这种情况下，如果汽车工人不选择右侧房屋的话那他就是傻瓜。在两处房屋相同的情况下，选择右侧的将获得更多的"价值"。这又是直觉。

这些有关价值的练习之所以有趣，是因为它们完全独立于成本之外。如果不以汽车工人购买20万美元的房屋为例，而以购买300万的大厦的富翁为例，结论也是完全相同的。价格不同，但决策技巧相同：不管是汽车工人还是富翁，他们都努力获取最高的价值。

我们对事例进行了必要的简化。我们永远都找不到一模一样的房子，因为房子的价值与它所传达的情感经历和材料体验紧密相连。我们不可能

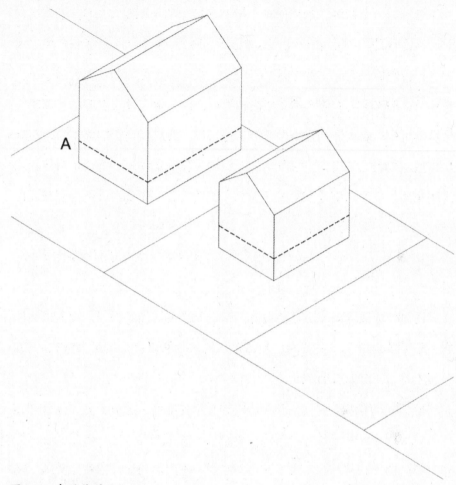

图8.1 房屋价值之一

像以上的例子中说的那样客观地评估房屋。但是不管倾向于以哪种方式来衡量房屋的价值，上面所提到的决策技巧都是真实存在的。也许有人评估房子的标准是看它与公共交通的远近，而另外的人是看它最重要的优点在哪儿，第三个人是看它自然采光的好坏，第四个人是看它的邻居看上去

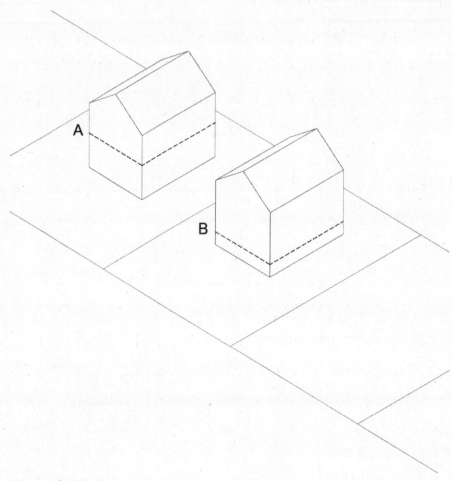

图8.2　*房屋价值之二*

是否愉快。而大多数的人在买房子的时候是以所有这些因素来衡量其价值的，他们采用的方法非常主观，难以界定。而到了买房的时候，我们不会出去寻找最便宜的一处来买。我们甚至不会去买在我们的购买范围之内的最大最好的房子。我们下决心的过程非常复杂。同样，买车和选择大学也是如此。

但不管是因为什么，当我们观察其他人的决策制定过程的时候，我们倾向于相信他们受原始冲动的支配，只想购买自己所能找到的最便宜的东西，他们简直就是傻瓜。特别是当他们在做关于建筑方面的决定的时候，我们更是如此认为。

人们按照理性行动——尝试挑战这一观点是正确的。大部分的经济学家和金融类专家认为理性行动者的观点过于简单并且已经过时。同样，建筑的现代主义规则在过去的50年里也已经四分五裂，古典经济学的理论也是如此。理性行为主义理论中有太多的例外。如果人类那么理性的话，为什么明明有那么多证据表明抽烟有害健康，还是有10亿烟民？为什么谢驰糖果薄荷中还含有莱特西恩这种葡萄糖酸酮与氢化棉子油混合的成分？为什么穷人还会玩彩票？这样的例子比比皆是。

我们不是经济学家，没有必要澄清其中的奥秘。我们只要问问自己做出的有关建筑的决定是否理性。在买房子的时候，他或者她是做了个理性的决定吗？当建筑陪审团决定阿德迦耶而不是普列达克获胜时，*他们的*决定理性吗？

我们可以从两个方面把建筑决定与其他决定区分开来：

• 它们永远带有一些主观因素；

• 在我们的生活中永远占有一定的比例。

建筑决定会牵扯到一些主观因素。它们可能饱含激情，可能其中的有些东西我们不能给出充分的解释，但是人们对此都经过了深思熟虑。有些决策的制定过程中含有一些我们解释不了或者无法量化的因素，这会诱使我们将这些决定与"不理性"这个词联系在一起。我们在两处房屋之间做选择，不知道为什么其中一处房屋让我们在潜意识里深情地想起我们成长的家。这种记忆使我们在决定的时候不安，我们不会或者不能加以解释，但它们影响着我们的选择。尽管这种推理含混不清，但有些选择仍然是经过利弊的权衡之后做出的，从这方面来说其决定是理性的。

我们可以进一步举例说明建筑决定是理性的，因为它不是件小事。我们决定在建筑方面进行投资，因为建筑物价格昂贵，即使是那些质量不好的也是如此。很难想象一个人凭一时冲动而购买了一幢大楼——购买建筑物的时候，跟我们在杂货店排队结账的时候买的那些没有大用的小装饰物是不一样的。我们会思考，会忧心。有关建筑的决定通常是由委员会、陪审团，或者以家庭或者夫妇为单位做出的。

本书在描述价值决定的时候，认为一定程度上的"理性"是由行动者发出的。我们对这一术语的定义可能会与一些经济学家不一样，因为我们只对它在建筑中的应用感兴趣。勒·柯布西耶和格罗皮乌斯的选择无需遵循任何计算程序或者科学——它只需要感觉，而这就属于我们行为的天性。它有据可依，并不是非理性的或者任意的选择。

这里我们给出另一个重要的概念："价值"并不一定是可以量化的，但这并不意味着我们不应该尝试着去理解它。任何买进设计方案或者建筑的人都是把很多标准综合到一起，以对其价值进行评估。对于大部分建筑消费者来说，这里面包含着一种经济标准与非经济标准的平衡。对于建筑师来说，非经济标准是我们洞察力的来源，是我们训练的基础——我们培养的是对空间经验而并非利益的理解能力。我们把对经济标准的考虑降级到那些"次要"的职业中，但"成本"是个例外，为此我们常常忧心忡仲。我们应该问自己在什么情况下要寻求扩大我们的影响范围，而什么理由可以为这种扩大辩护。建筑师渴望这样，因为每个人都想成为一名塑造者。每位建筑师都想对现实世界产生影响——从胸怀大志的偶像派建筑师到无私的人道主义者。但我们不能只凭自己的力量实现这个目标；我们需要客户和其他团体的合作。因此我们想要了解其他团体是如何评价我们的价值的。

价值是一个非常不容易定义的经济概念。它是指当我们购买东西的时候我们认为自己将得到的东西。"价值"是我们进行了一笔合算的交易时的感觉。假设我们要在市场上买一处住宅。我们找到了自己中意的，正在合计应该付给房主多少钱。我们认为这个房子也许值40万美元，而这笔钱我们正好能出得起。我们决定出价35万美元，可令我们意外的是房主居然同意了！他甚至没有想讨价还价。这真是件大喜事，因为我们白得了5万美元的价值。

$$\frac{\$\,400000 \;-\; \$\,350000 \;=\; \$\,50000}{\text{实际价值}\;-\;\text{成本}\qquad=\;\text{所得价值}}$$

现在想一下另外一种情形：我们发现了同一所房屋，并对此做了相同的估价——也是40万美元。我们贿赂了地产经纪人，让他去探下房主的口风，发现40万美元是他愿意出售的底价。这种情况也还行——我们以40万美元买了一处价值与之相符的房屋。我们没有得到自由资本，但找到了梦寐以求的房子，因此对这个结果也很满意。再想象一下第三种情形，我们找到了同一所住房，对此做出了相同的估价，但房主拒绝以低于42.5万美元的价格卖给我们。我们当即就对他嘲讽起来。真是让人气愤！他居然敢占我们的便宜，觉得我们傻得会以42.5万的价格去买40万的房子么！

真的，我们会因一笔买卖很高的所得价值而激动兴奋。我们可以忍受一笔所得价值为零（或者不赔不赚）的生意。但赔本的生意我们就不会接受。大多数情况下，这会惹得我们发火。对于经济学家称之为"价值亏损"的东西，我们对此有很多的称呼：被敲诈、被欺骗、被诈骗等。当我们发现物品的真正价值比我们为之付出的代价少得多的时候，我们就称之为"废物"甚至"冒牌货"。

应该承认，这样的买卖并不多见。听人闲谈说，废物和欺诈行为一直都有，但相对于每天都存在的正向价值交易来说，确实是寥寥无几的。这是因为大脑阻止我们进行负向价值的交易活动。大脑拒绝让我们为那些超出我们的估算价值的东西付钱。这样的物品将带来负向价值。我们偶尔也会上当受骗，但世界经济是一直向前发展的，因为总体看来，人们还是很擅长做出正确决定的。

这是如何改变我们对成本的思考方式的呢？成本只是在涉及实际价值的时候才彰显出其重要性。再回到寻找房子的夫妇的例子中来，仅仅通过改变与成本相关的价值让他们接受超出自己支付能力的价格——我们能不能想到这样一个办法?所有假设中的情形不变，我们给他们提供两种选择。他们找到了梦寐以求的房子，它值40万美元，而且房主接受了他们35万的出价。有没有办法让他们放弃中意的房子，并且接受超出他们支付能力的价格呢？我们说旁边的社区中也有房子出售。估价为300万美元，但房主愿意以80万的价格出售。按照这对找房子的夫妇的说法，80万美元是他们的最大支付能力的2倍。但看一下这个价值公式。

$$\underline{\$\,3000000 - \$\,800000 = \$\,2200000}$$

实际价值　　－成本　　＝所得价值

我们的所得价值是220万。这时候，这对夫妇应该会问这所房子是不是超出了自己的需要，或者他们是否能够负担得起房子的财产税，或者从哪里弄来这额外的40万。但是，精明的经济决策是立即买下这所300万的房子。他们应该倾尽所有，并联合亲朋做担保人。为什么？因为他们第二天一转手就可以卖300万美元。

这对幸福的夫妻获得了220万的意外之财：

$$\underline{\$\,3000000 \quad - \quad \$\,800000 = \$\,2200000}$$
出售所得现金 - 债务抵押 = 意外之财

有了这220万美元，他们的经济状况有了起色，断然买下了原来那套40万的梦寐以求的房子。而且还有180万的盈余，正等着他们建立退休基金，或者应付孩子的大学经费，或者建筑学教育学费的首付款，如果其中一个孩子会走这条道路的话。

很难想象这样的场景会在现实生活中发生，主要是因为300万的房子一般不会以80万的价格出售。但是，我们开始证明我们能够让这对夫妻不买他们梦想中的40万的房子，而是以超出其支付能力的价格买了其他的。只是通过改变其中的价值就可以办到。我们提高了成本——使它翻番，事实上——我们把实际价值提高了7.5倍，所以另外一个街区的大房子就变得有吸引力得多。

人们会要求建筑师削减成本，每一位执业的建筑师都有过这种经历。现在，我们可以这么理解：它并不是一种削减成本的要求，实际上他是要求提高或者保留价值。当我们开始思考价值而不是成本的时候，这些要求的性质开始有了它的逻辑根源。假设一个开发商正在开发一个1000万美元的项目。开发商经过计算发现，除去设计、建筑和咨询费用之后，工程总成本为950万美元。所以这个历时三年的工程可以创造50万美元的利润，由开发商及他的员工分享。

$$\underline{\$10000000 - \$9500000 = \$500000}$$
实际价值   －成本   ＝所得价值

作为建筑师，通常当我们讨论一个1000万的工作时，我们会认为这是指"工程的成本额"。但是，在这里我们是指"这项工程的实际价值"。就是说，如果在剪彩之后卖出这项工程，你可以拿到的钱数，这里是1000万美元。

表8.1　成本分解表

项目	成本
建筑工地	$3000000
咨询	$1000000
设计	$360000
建筑	$5140000
总计	$9500000

为清楚起见，我们排除了通常与这类工程相关的很多成本。现在，假设成本开始攀升。那么工程的价值会怎么样？首先考虑设计费用增长了5%：

$$\underline{\$360000 \times 5\% = \$18000}$$
设计费用 ×增长率＝亏损价值

开发商的所得价值缩减了这个数值————他或她的盈利减少了。因此，开发商新的所得价值为：

$$\underline{\$500000 - \$18000 = \$482000}$$
原来的所得价值－降低额　＝缩减后的所得价值

这意味着开发商的收益减少了3.6%。很明显，这也不是个小数，但也不至于到世界末日了。现在，如果建筑成本增长5%，会怎么样呢？

$$\frac{\$\,5140000 \times 5\% \quad = \$\,257000}{\text{建筑费用} \quad \times \text{增长率} = \text{亏损价值}}$$

同样：

$$\frac{\$\,500000 \quad - \$\,257000 = \$\,243000}{\text{原来的所得价值} - \text{降低额} \quad = \text{缩减后的所得价值}}$$

25.7万美元的损失意味着开发商的收益降低了51.4%！随着建筑成本的小幅（5%）上涨，开发商应得的价值缩减了一半！这就是为什么在报价之后就10%的附加服务费进行谈判的原因，有时候这种谈判的氛围甚至非常友好，但建筑费用增长10%却通常会让人陷入困境。

但是，我们分析的关键并不是同情开发商，而是探讨有关所得价值的看法。现在，再假设建筑费用提高了5%。我们对额外的设计工作不收费，但是作为专业人员，我们觉得应该看到一些变化。随着建筑成本提高了5%（$\$\,257000$），假设我们有一些方式来展示我们提高了5%的工程价值。同样分析如下：

$$\frac{\$\,10000000 \times 5\% \quad = \$\,500000}{\text{工程价值} \quad \times \text{增长率} = \text{增长价值}}$$

作为开发商，其成本总额提高了：

$$\frac{\$\,9500000 \quad + \$\,257000 \quad = \$\,9757000}{\text{原来工程成本} + \text{增长的工程成本} = \text{工程新成本}}$$

但是其工程总价值也提高了：

$$\frac{\$\,10000000 \quad + \$\,500000 = \$\,10500000}{\text{原来工程总价值} + \text{增长价值} = \text{工程新价值}}$$

如此，在开发商看来增长的工程价值是多少？

返回价值公式：

$$\$10500000 - \$9757000 = \$743000$$

工程新价值 － 工程新成本 ＝ 开发商的新价值

正如开发商所认为的，这表示其所得价值增长了48.5%。对于开发商来说，我们创造的东西其吸引力变为原来的1.5倍，这也是在我们提高成本的过程中创造的。

这种情况下实际的量化是很困难的。我们如何提高工程的实际价值；就算提高了其实际价值，又该如何记录、证明这种提高？量化过程是一项困难的、主观的任务，但它毕竟每天都在发生。某个时刻，以上事例中的开发商会坐下来认真计算这个1000万工程的价值，这不是猜测。它是测量分析、市场调查、建立经济模式以及风险分析的结果。

建筑师应该参与这些活动吗？我们真的是想把时间花在这上面吗？对于一般的建筑师来说，都会响亮地回答"不"。而且，通常来说，建筑师在训练中所学到的分析方法与专业的市场分析员和金融人员的方法并不相同。但是，分析的主要目的很简单：价值，而不是成本，才是决定经济决策制定的动力法则。成本总是不敌实际价值，通过调整自身的位置从而成为价值的创造者，我们从削减成本之咒语的专制中获得了解放，这种观点应该赞同。我们需要找到更好的方法以清楚地表达和定义建筑的价值，当我们负责某一项设计策划的时候，我们能够满怀信心地宣布这种设计会比其他的方案创造更高的价值。我完全相信优秀的建筑师，不管是个体还是团队，比起不合格的建筑师来说，能够创造更多的价值。我猜想大多数的读者也会同意这一观点。但是，在整个社会中还有很多人对此不能苟同。更糟糕的是，还有更多的人根本不知道出色的建筑、低劣的建筑与没有建筑之间的差别。整体来说，我们需要以事实证明出色的建筑能够创造更多的价值，并且跟无建筑相比，有建筑就能产生更高的所得价值。

9 | 马粪果与牛粪派

　　我的祖父并不是一个博学多识的人——从正规意义上来说不是。但他的智慧朴实无华，它们来自艰苦的农场生活，来自贯穿整个20世纪的生活，来自他长青的生命，他目睹了大部分的朋友以及配偶和自身生活方式的消亡过程。他是个安静和气的男人，生性随和，让人舒服，但他一般都记不住我的名字（他经常叫我"丹尼斯"，这是我表哥的名字），他总喜欢透露一些慧言慧语，不幸的是，我要花20年的时间才能破译其中的奥秘。

　　跟现代所有家庭一样，把我与祖父分开的不仅仅是岁月，还有文化。他的农场生活对于我就像异域国家一样陌生——他的轶事与对任天堂游戏痴迷的现代生活毫无关联。我们通常不会理解在我们生活中出现的那些人，直到他们离去，也不会理解他们努力教给我们的经验教训，直到他们离去多年，何其不幸。

　　我祖父在我五六岁的时候就教给我如何做出抉择。他教给我敏锐的洞察力、勇敢和果断的品质，但我置若罔闻。在那些跟我祖父一起的日子里，我通常是为了储藏的糖果而搜屋子，懒得去听他的话。

祖父去世之后，我开始理解他教给我的东西——至少是其中一条。我不记得当时的情境了，但我记得他曾经笑眯眯地问过我："你知道马粪果和牛粪派的不同，对吧？"我不知道。我想牛粪派我基本是理解的；学校偶尔会给鸡肉派吃，我想牛粪派应该跟那个相似。而马粪果就把我难住了。

当我领悟了他所掌握的知识之后，我开始明白了。我开始琢磨为什么爷爷一直努力教给我比选择与决定更为深刻的东西。九年级的生物课帮我解了疑团。牛粪派是粪。牛吃草，因为它是反刍动物，草在他的几个胃中反复消化，它的排泄物通常呈糊状，有臭味，很让人生厌。马也吃草，但它不是反刍动物，草在它腹中的消化过程迥然不同。与牛相比，草非常迅速地通过马的消化系统，几乎得不到什么消化。因此，虽然马排出的也是粪便，但主要是草，也许还有些土。粪便干燥坚硬，大小基本与苹果一样。因此"马粪果"之名由此而来。

祖父所指的意思是牛粪派比马粪果要恶心得多，我喜欢这么认为。它们都是粪，如果你不得不选择一样的话，勉强接受马粪果可能没那么悲惨。如果面临这种选择，不应该花费时间哀叹自己的命运或者权衡自己的选择——马粪果明显要好一些。忍着吧！

我想祖父也在努力让我为现实做好准备，有时候生活会让你吃屎。微笑面对吧！这个男人曾经面对过一些选择，它们对于我们这一代人来说是不可思议的——但仍要清醒地认识到坏的选择与更坏的选择之间的区别。

作为专业人员，作为人，我们需要做出的选择往往不会像在马粪果与牛粪派之间抉择那么可怕。但它们往往不甚明朗。在选择彼与此之间，我们并不确定。而且，我们的选择也极少是二元的——它们每天都会变得复杂多面。随着选择菜单的无限拉长以及所有选项的复杂性，分析与风险能够产生麻痹作用。

只要有风险，就会有回报。财富是繁荣的主要特征，而繁荣引导我们走向大衰退。当代金融系统的运行从本质上来说关心的是降低风险的能力。如果可以消除风险（至少从理论上来说可以做到），那么就可以孤注一掷。如果孤注一掷的行为所带给我们的经济回报让我们对风险分析所做出的判断疑云密布，那么我们就应该忧心了。

建筑师应该研究风险——并不是因为他们想变富裕的愿望，而是因为风险是我们文化中的汹涌暗流。它解释了人们对建筑以及其他一切事物的决策制定方式，应该引起我们的关注。

如果我们认为建筑所带来的风险与它的价值不成比例，那么人们就不会建造它。风险并不是二元的；我们不能把事物分为"有风险"或者"无风险"两类。但是当我们把某些设计方案与其他方案相比较的时候，可以理解为"更有风险"或者"更安全"两种情况。我们可以把这种理解渗透到关于设计、成本、组装等方面的理解中去，从而更准确地决定设计的内容。

10 | 风险建筑师

理解事物含有多少成本并不难；但判断事物的风险程度就不容易了。这是一门正确决策的科学。在日常生活中，我们几乎不会为量化风险而特意费神。对不同事物的风险，都是凭直觉去认知，而不会特意去把它跟数字相联系。从经济危机中恢复之后，我们监管控制设计决策中存在的风险的动力越来越大。

假设我们最喜欢的乐队刚出了新专辑。这个乐队始终如一地坚持自己的风格，但每三首歌中只有一首是我们想付费听的。我们想买CD，但是，一想到付了15美元之后可能会发现B面的歌曲皆是平庸之作，就退缩了。我们决定在iTune的专有数字媒体播放程序中下载，只要0.99美元。这样，我们花一美元买到了一首歌，而不是15美元买了20首歌。就每首歌而言，选择iTune是比较贵的，但是因为前面提到的风险，这又是一个比较理性的决定。我们可以听听每首歌的节选片段，而只挑自己喜欢的买。

购买这个无用的专辑的风险到底有多大呢？假如专辑中有20首歌曲，

而每首歌成为好歌的概率为33%。专辑中的歌曲有多大的可能性成为一首好歌，其计算公式是根据二项分布式得出的。 使用这个公式，我们可以算出20首歌曲中不同数量的歌曲成为受人喜爱之作的概率。

表10.1　成为好歌的概率

好歌的基数	可能性
1	>99%
2	>99%
3	98%
4	94%
5	84%
6	69%
7	51%
8	33%
9	18%
10	9%
11	3%
12	1%
13	<1%
14	<1%
15	<1%
16	<1%
17	<1%
18	<1%
19	<1%
20	<1%

专辑中至少存在一首好歌的概率是非常大的：99.966%。有多首好歌存在的概率也很大：至少7首的概率大约是51%。但是购买专辑的问题是：如果只有一首好歌的话，你的这首歌就花掉了15美元。如果有两首好歌，那么每首歌的价格就降到了7.5美元，依次类推。那么，有多少首好歌的时候，你买这个专辑的价钱等于从iTune下载这些歌曲的价钱呢？ 如果有15首

你喜欢的歌曲的话，实际上就是我们花了15美元买了15首歌曲，就是每首歌1美元，而这种概率发生的可能性大约为1%的1/10000——概率很小。凭经验来说，如果事情是这样的，那么就不会有人去买专辑——每个人都会专门从iTune上下载或利用其他有线服务。

为进一步揭示购买决策的机制，我们谈谈*期望价值*的概念。期望价值就是某一事物乘以其发生的可能的积。从第8章得知所得价值就是价值减去成本之差，因此我们可以预知期望价值的公式如下：

$$（实际价值 \times 可能性）- 成本 = 期望价值$$

一首好歌对于我们意义非凡。我们可以反复聆听，它可以唤醒我们的斗志，或者让我们内心宁静，或者调整我们的心情，值得信赖。为方便计算，假设一首好歌为5美元，而不好听的歌价值为0。记住，三首中才有一首值得一听，我们可以计算出一首好歌的期望价值：

$$（\$5.00 \times 33\%）- \$1.00 = \$0.67$$

购买CD会有买到不好听的歌曲的风险，可以用同样的方法计算出一首不好听的歌曲的期望价值：

$$（\$0.00 \times 33\%）- \$1.00 = -\$1.00$$

两个结果相加之和为负33美分。因此，看上去我们不会购买。按照直觉判断，事情似乎是这样的：如果我们知道三首歌中有一首好歌，而我们个人不得不买歌的话，我们可能不会买这样一个单曲。但是，iTune就可以避免这种情况发生，因为在购买之前，它会为使用者提供听取片段的机会。iTune可以100%地保证你会喜欢这首歌，因此，公式如下：

$$（\$5.00 \times 100\%）- \$1.00 = \$4.00$$

关于iTune的事例令人信服，但到目前为止我们所讨论的内容都不能解释为什么专辑仍然有它的市场。很多人通过在线资源获取音乐资料，但仍有人会购买专辑。购买专辑只是会冒更大的上述分析中的风险。不管专辑中有多少好歌，它的价格一直是15美元，我们可以列一个期望价值的表格：

表10.2　难听歌曲的成本

好歌的数量	可能性	专辑成本	期望实际价值	期望所得价值
1	>99%	$ 15.00	$ 5.00	- $ 10.00
2	>99%	$ 15.00	$ 9.96	- $ 5.04
3	98%	$ 15.00	$ 14.72	- $ 0.28
4	94%	$ 15.00	$ 18.72	$ 3.72
5	84%	$ 15.00	$ 21.03	$ 6.03
6	69%	$ 15.00	$ 20.75	$ 5.75
7	51%	$ 15.00	$ 17.78	$ 2.78
8	33%	$ 15.00	$ 13.07	- $ 1.93
9	18%	$ 15.00	$ 8.18	- $ 6.82
10	9%	$ 15.00	$ 4.33	- $ 10.67
11	3%	$ 15.00	$ 1.92	- $ 13.08
12	1%	$ 15.00	$ 0.71	- $ 14.29
13	<1%	$ 15.00	$ 0.22	- $ 14.78
14	<1%	$ 15.00	$ 0.05	- $ 14.95
15	<1%	$ 15.00	$ 0.01	- $ 14.99
16	<1%	$ 15.00	< $ 0.01	- $ 15.00
17	<1%	$ 15.00	< $ 0.01	- $ 15.00
18	<1%	$ 15.00	< $ 0.01	- $ 15.00
19	<1%	$ 15.00	< $ 0.01	- $ 15.00
20	<1%	$ 15.00	< $ 0.01	- $ 15.00

几乎在所有情况下，购买专辑的期望所得价值都为负值——因此，就没有购买行为。如果专辑中只有几首（三首甚至更少）好歌，购买行为所产生的实际价值就不足以抵消其成本。而专辑中产生大量（八首甚至更多）好歌的可能性非常渺小，因此期望所得价值几乎为负值。如果能有

四至七首好歌的"甜蜜点"，那么购买这个专辑就是明智的，如果不是这样，我们就还会倾向于通过iTune下载。

你可能不会有意识地通过这种决策制定过程来决定买与不买，除非你是经济学家或市场营销学家。但我们还是会下意识地这么做——苹果公司对此就密切关注。这就是他们发明iTune的原因，也是为什么iTune如此成功的原因。

建筑也有相似的经验教训吗？当然。购买建筑所担的风险比买一张令人沮丧的CD要大得多。我们中的大多数人将永远不会被前一个问题所困扰。但是风险是一个突出的因素——当然，与成本相比是突出的。这当然不是直觉告诉我们的。多少年以来，我们所供职的开发商与市政当局都告诉我们成本是至关重要的因素。他们动辄告诉我们要降低成本。我们怎么能够想象风险大于成本的情形呢？

想象一下我们去拉斯维加斯旅行，城中只有两种游戏：都是不封顶的德州扑克——一种是2000美元买进，全部赌额为10万美元，另外一种是100万美元买进，全部赌额为1000万美元。我想能够出得起100万美元买进价的读者寥寥无几。但我想，如果动力十足，那么大部分的读者都能出得起2000美元的买进价。如果非要二者择其一的话，他们会选择第一种游戏。

但现在我们改变两种游戏的风险——具体来说，我们改变1000万美元的游戏风险。上帝、耶和华、穆罕默德、罗伯特·摩西都来回反复向我们发誓他们会搞定赌局，我们要做的只是筹够100万美元买入价。那么精明的决定是什么呢？

因为没有风险，聪明的做法是抵押自己和父母的房产，并向所有亲戚朋友借钱，直到凑够为止。筹到钱以后，第二天就还上，你还可以赚900万美元。通过改变事件的风险度，我们将一种无力支付的情形转化为唯一的合理选择。

我们不会总有神力相助，这是件奢侈的事情，那么当客户与他的建筑师遇到与风险相关的问题的时候，会怎么样呢？想象一下任何人都可能遇到的一个工程。工程造价750万美元，建成之后业主每月可得65817.87美元租金。这个数字并不准确，因为问题是它有整整10%的内部收益率。"内部收益率"是个金融术语，你不必知道它是什么，只要明白数字越大就越好。

如果把这个工程放在完美无缺的世界中来考虑，那么任何风险都是不存在的。在我们假想的世界中，只考虑一种风险：推迟开盘。跟分析iTune一样，我们可以迅速分析一下推迟开盘以及由此带来的风险调整的成本情况：

表10.3   推迟开盘的风险

推迟月数	可能性	损失租金中的风险调整成本
1	50%	$ 32908.93
2	40%	$ 26327.15
3	30%	$ 19745.36
4	15%	$ 9872.68
5	0	$ 0.0

为理解推迟开盘是如何在经济上影响我们的工程的，我们重新计算一下内部收益率。为了不让读者觉得枯燥，我省略了实际的计算过程，但新的内部收益率降到了9.863%。在一个并不完美的世界里，可以预测工程的利润会降低。

通过降低风险而让客户多付一些钱——我们可以想象这样的场景吗？

让我们在建筑成本中多加5万美元，这样总数就变为755万，但让我们把风险改变为下列数字，并且重新估算推迟开盘的风险调整成本：

表10.4　降低的风险

推迟月数	可能性	损失租金中的风险调整成本
1	15%	＄9872.68
2	10%	＄6581.79
3	5%	＄3290.89
4	4%	＄2632.71
5	3%	＄1974.54

很明显，在这种风险降低的情况下，内部收益率为9.88%。也许这个差别很微小，但关键是我们可以在提高工程成本的同时，而仍然使这个工程在经济上更富有吸引力。我们要做的就是降低风险，跟我们操控拉斯维加斯的扑克游戏一样。

这时，对建筑环境中不同参与者所理解的风险进行研究值得一试。影响建筑师与其客户的风险类型大不相同——主要是因为建筑师的成功与设计的质量密切相关，而客户是否成功则与建筑的质量紧密相连。而二者可以互不相干。建筑业中的风险呈现出一种不对称性——给非建筑师造成极大风险的情况往往对建筑师非常安全，反之亦然，这是由我们职业建构体系的方式所导致的。那些对于建筑师意味着经济利益和关键有利条件的东西，对他人而言往往意味着要承担更高的风险。思考后面的流程图，它描述了客户/建筑师之间的相互影响。图10.1显示了客户的积极成果，图10.2指出了建筑师的积极成果。

为清楚起见，我们排除了一些偶然事件的发生，但可以把这两个流程图理解为包含竞争、设计、建设等阶段的设计过程的描述。首先引起我们注意的就是这一过程中的循环性，即：设计失败之后，整个过程会重新启

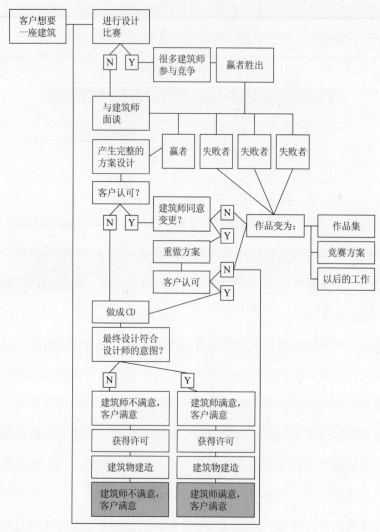

图10.1 客户的积极成果

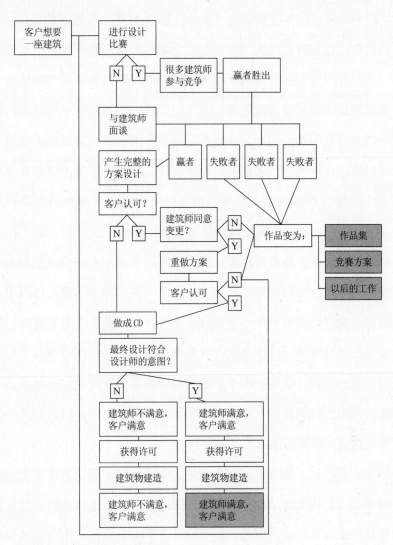

图10.2　建筑师的积极成果

动，客户与（潜在的）建筑师会"重新开始"，像图中所展示的那样。

我们也应注意到在这个过程中有一个较小的循环圈：在客户与设计者之间。不经客户允许设计方案就不能继续下去，但是如果设计师认为不能允许客户的想法发展下去或者客户太飞扬跋扈，或者其他一些原因，他也会在不同的时机下选择退出。双方都有兴趣看到设计方案发展为建筑；因此也有兴趣进行谈判。如果他们能够共同做出设计方案解决问题并令双方满意，那么他们都会成为大赢家。但是，当建筑师与客户陷入僵局的时候，又会发生什么呢？谁赢谁输，得失又是什么？

对于客户来说，随着建筑工程的竣工可以预见双方的积极成果，这是最重要的一点。客户对设计不会产生内在的兴趣，即他从设计过程中不能获得利益。也许他拥有一个出色的设计方案，并为此投入大笔资金，但这并不是他的最终目标。除了绝无仅有的个别情况之外，客户就是客户，他们只对建筑感兴趣。在这些图中，建筑师是否对最终的建筑感到满意并不具有决定作用。我们假设在这两种情况下客户都很高兴，因为如果不是这样，那么建筑工程就可能无法完全展开。

第二个图展示了建筑师的积极成果，为此，他采用了多种方法。很明显，当建筑工程按照他的设计全面展开的时候，他是最成功的。这也是建筑师终其一生所追寻的。但是，即使设计方案不能执行，也会有其他的积极成果。设计者可能会将该项设计纳入到他的作品中，把它归为一个系统。也可能参与未建项目的设计竞赛，如果成功，四面八方的压力与不同凡响的评价会随之而来。设计者也可能会将已建成的项目设计应用于其他方面，从而在这一领域拓展自己的工作。这并不是说当自己的方案遭到客户拒绝的时候，设计师会感到愉悦。我们必须认清客户的拒绝不会永远都意味着设计者的末路。从职业经验来说，坚持己见有时候是正确的。如果客户的要求会让设计师面临批评界的恶评，那么他就会明智地拒绝以此保护自己的名声。最起码在自己的同辈中，大家会认为建筑师还是像那些正直诚实的女人。

风险的不对称性可能会也可能不会引起建筑师的警觉。对有的建筑师来说，自身的利益及风险与客户的背道而驰是正常的。回顾过去，每位建筑师都知道，至少有那么一位客户与他的分歧难以避免并且无可非议。但是当整个的行业都这样定位的时候，又会怎么样呢？当我们的集体风险不但产生错位而且与我们的衣食父母背道而驰时，又会怎么样呢？建筑业的风险太大了——它被孤立了。

人们很少会把风险纳入设计所考虑的范围。建筑师把风险理解为土壤报告中发现的陶土，或者糟糕的坍塌实验，但当我们要在木柱与金属之间做出选择的时候，我们很少会量化自己的选择所带来的风险，也很少去做更重要的一件事情：把风险与相关的成本相权衡。要扩大自主权，我们必须开始这么做了。大衰退就与风险相关。财政部长及其下属对风险的估计能力太差；未来我们肯定会以不同的方式对此进行思考。设计决策在对事物风险性和稳定性而非成本多少的判断方面将更加可靠。

11 | 我是一名建筑师

在我工作的那几年里，一天之中最糟糕的莫过于打领带的时刻。不管工程多么差劲，不管我着手的工作是什么——领结总是其中最糟糕的一样。它对我毫无意义。每天都是以在脖子上系一条毫无用处的布作为开端。还是个结。这还不如在脖踝上缠一圈石头或者以辣椒酱作为须后水来得好。在一定程度上，我理解时尚的概念——我知道领结有点儿像阔领带的继承物。所谓阔领带，应该算是围巾吧。某些情况下，人们用它来躲避肺病，避免食物弄脏衣服，或用于其他什么维多利亚时代的欧洲人所认为的大事中。我知道，作为一名设计师，喜爱蝶形领结是我的特权——很多建筑师都认为这是一种时尚的选择，因为普通领结有碍手绘图画。但是，我从来不手绘。因此看上去打蝶形领结比普通领结更不合理。阔领带会带来太多问题，而在我所工作过的公司内似乎无权选择不系领结。因此，我选择领结的余地非常有限。在领带进化的过程中，该词的含义的确日益狭隘。我努力在生活与工作中发光发热，而每一天都是以这种徒劳无益的最高象征作为开端。

我一直都没有习惯打领结。它的规律性并没有让它变得容易操作或减轻我的沮丧程度。我学会了克服每天早晨伴随着领结的那种恐惧与自我厌恶感——就是说，我能够完成这个事情，也可以戴着它。但是，打领结这件事情，却一如既往地让我作呕。有时候会更糟——那些我戴着一个难看的领结的日子。偶尔，领结的翻转规律需要我戴一个过时的或者我讨厌的那一种，这一天就会变得更加糟糕，因为我不仅是在自己脖子上绕了一圈毫无用处的布条，而且是系了一块既无用又丑陋的布条。还有比这更糟的日子呢！

在我毕业之后云游的日子里，当我向一家临时机构申请工作的时候，这更糟糕的一天来临了。大衰退深深地影响了我。建筑方面的工作岗位无从谈起，我已经绝望了。我对临时工的世界抱有成见，虽然我认识的临时工看上去也很体面，并且工作努力，但是谋份临时工作还是像走了下坡路。我觉得在某些方面，我正在承认过去十年我所掌握的建筑方面的所有技能都失效了。我去临时机构的那天是个晚春，天气寒冷，下着雨，在地铁站与临时办公室短短的路途中，我路过了爸爸以前的办公大楼。它的土坯砖在华盛顿市区的调色板中赫然跃出，如果你来过这里，就知道它是一个很容易辨认的地标。爸爸设法保证我把它看作一个航点，以便一旦我在城里迷了路，可以找到他。我迅速地路过了它，更关心的是急雨和我的破伞，如果不是因为目前失业让我陷入困境，它在几个月以前就应该由新伞代替了。在来的路上它保护着我，但我让它献身于废物箱了。我们都是难民，我和雨伞。

所有的一切都像一场尖刻的批评。审阅我的申请书并接受我，这个员工已经够善良了。我告诉她我是一名建筑师，她问我是否有办公室的工作经验。我不知道这个问题到底是什么意思——停顿了一下之后,我觉得她是在问我是否会打领带结、是否能把文件归档以及复印东西什么的。我回答说,"我有。"她拿出一支沉重的圆珠笔,我开始填写纳税表和通讯表,她继续审阅我的简历。她删除了对获奖与荣誉情况的详细介绍,也删除了卡特里娜重建工程中我的志愿者工作,以及在全国受到推崇的推荐信。她对此没有兴趣,也不必去考虑它。她要把这份简历递给另外的人审阅,而对于这个人来说,所有这些部分都不重要。那个会给她打电话的人根本就不在意这些——因此,她也就不会在意。

没有哪位雇主在招募这种临时机构的员工时,会对建筑师和他的设计能力感兴趣。他们想要的人在复印东西的时候不会让复印机卡住,在工作的时候要保持清醒,在午饭时间不能对这里进行洗劫。而我具备这些品质,2009年的时候它们比建筑师更富有市场竞争力。

她要求我在一张表上签字同意接受药检,我知道她并不是有意要冒犯我最后的尊严。我很想严厉指责她,并发出一些这样的责问,比如:"我要接受什么样的药检?"我在心里仔细想了一下柯勒律治、弗洛伊德和汤普森以及我心中的其他英雄人物,他们从26个字母、10个数字以及随便闲置的什么东西中发现了真理,改进了社会。我签了字。她问了我几个简短的问题,那都是在这里面试必须要问的——读了读那些影印的表格,鲜明地表示了她对此并无兴趣。当她问最后一个问题的时候,她明显松了口气:"你认为是什么东西让你从其他申请者中间脱颖而出呢?"

"我是一名建筑师。"我答道,在我签名的地方写上了日期。

12 | 有偿的建筑师

尽管临时工作的经验让我对建筑师的价值产生了怀疑，但我仍然相信建筑作为一种活动，其价值是可以估量的。估算一个产业的经济价值非常简单，你只要问一个简单的问题："我做这个工作人们会付我多少钱？"这并不是一个个人问题。这并不是在问某一个设计者的报酬，也不是问某一项设计合同是否有利可图。而是在问设计作为一种活动是否值钱。

有人会指向建筑师、苹果手机设计师和时尚设计师并回答：是的，当然是这样，设计值钱——这些人有工作，但这个答案太过简单了。人们对苹果手机和普拉达一掷千金——足以让我们对设计的市场价值充满信心。

人们确实是在付款，这很明显。但是他们到底把钱付给了谁？

在市场营销与产品开发的领域内，对产品或者服务的价格进行分类并制定其购买价格，这是惯例。多年以来，市场营销人员都致力于把公众划分成不同类型的消费者，以便让邮件和电视广告更具有针对性；《哈佛购物指南》中已经对这一分类进行了充分的讨论，这里就不再探讨。

但更新颖的方法会关注真正的动机划分。开始明白动机的成因不仅能够帮助我们决定怎样制作广告，还会帮助我们决定生产什么样的产品。消费产品处于一种连续不断的定向进化的状态，这是由科学家设计的，但受到消费者本身意愿的支配。比如，当一位父亲在购买食品杂货的时候要买一盒5美元的谷类食物，而这5美元的侧重点在哪里，每个人都有不同的想法。可能2.5美元是谷类食物的基准费用。就是说，如果这位父亲不介意自己家人食用哪种谷类食物的话，2.5美元就是能够买进这类食物的最低价格。而导致他多出2.5美元的因素有几个。也许1.5美元可以赢得孩子的尖叫。他沿着过道走过来，孩子们开始尖叫，因为他们不会吃到不带玩具的谷类食物，为了安静和眼下的方便，他勉强买了下来。但是，带玩具的谷类食物有好几种，而他愿意为带着小玩具并且健康的食物而多付一点儿钱。所以他又妥协了一点儿买了5美元的。他的价值划分如下：

表12.1　谷类食物购买（正常）

价值	动机
$2.50	基准费用
$1.50	愉悦孩子的费用
$1.00	了解食物是健康的，因此内心舒适
$5.00	总计

通过对动机的划分，谷类粮食生产和销售人员可以有重点地分配自己的资源。想象一下下列情形：

表12.2　谷类食物购买（好说话的爸爸）

价值	动机
$2.50	基准费用
$2.50	愉悦孩子的费用
$0.00	了解食物是健康的，因此内心舒适
$5.00	总计

顾客有什么不同？他并不关心谷类食物是否健康，但他为了让孩子安静下来而花费很多。如果你负责设计这种食物，你会把它做得颜色鲜艳并富含糖分。你可能会确保这类食物放在低处——高出地面36英寸的地方，这样当孩子与父母经过的时候保证能够看到这类食品并开始尖叫。而与此相反的状况是：

表12.3　谷类食物购买（健康的爸爸）

价值	动机
＄2.50	基准费用
＄0.00	愉悦孩子的费用
＄2.50	了解食物是健康的，因此内心舒适
＄5.00	总计

这种情况下，父亲看来是对孩子的尖叫产生了免疫力。他唯一在乎的是食品是否健康，而不管这种东西会不会让孩子快乐。如果你负责设计这种食品，你没必要把它生产得颜色鲜艳——事实上，你不该对色彩感兴趣，因为父亲就是这样。你要保证食品放在离地面44 ～ 76英寸（完全适合成年男性的视角）的架子上，并且让它的盒子呈现中性的颜色。这样，就有三位父亲，他们为等量的谷类食物支付了同样的价钱。但是他们可能购买了非常不一样的谷类食物（像父亲2与3）或者选择其他的种类购买（如父亲1）。

在设计行为中我们可能会做同样的分析。当人们为一部苹果手机而花费600美元的时候，他们是在为那个光滑的外壳而付费吗？还是为了用得更加方便？还是为了功能？他们付了这么多钱是因为盲从潮流而不得不使用最新的装备吗？

许多因素结合在一起促成了这种购买行为，当然，至于是哪些因素结合在一起则因人而异。但我们知道苹果公司有人对此进行着细致入微的研究。让我们对假想中的例子进行一下调查：一个人花600美元买了一部苹果手机，这笔钱可以根据动机的不同进行如下划分：

表12.4　苹果手机分析表A

价值	动机
$ 50	对手机的需求
$ 100	对MP3播放器的需求
$ 150	对掌上电脑的需求
$ 100	拥有以上三种物品的方便
$ 35	喜欢绝妙的插件
$ 65	喜欢它的外观
$ 40	享受被人关注
$ 60	兴奋——苹果手机发行的那一刻的激动兴奋与攀比心理
$ 600	合计

各类不同的支付额中哪一项与设计相关？有些东西看上去比设计更有技术含量。手机与掌上电脑并不是什么特别的东西。就算把二者合而为一也并不新鲜，也并不是发明创造。酷酷的插件是种有趣的设计，但是那看上去更像机械和软件设计而并非建筑师熟悉的那种设计。

蜂鸣声是一项*市场营销*的设计。史蒂夫·乔布斯出色地创造了"近乎完美"的产品，他还培养了这样的想法：任何不购买苹果手机的人都有点儿像卢德派——反对新技术。事实上，苹果公司在树立自己年轻、专业和技术先进的公司品牌方面一直很成功——在把他们的竞争对手描绘成自己的母公司方面也很成功（苹果公司1984年的"革命"广告立即跃入了脑海）。

在买家的动机中，唯一与传统的设计者的设计范围相关的看来就是"外观"。这并不是说"设计"只是让外表富有吸引力。就苹果手机而言，更确切的定义可能是"能够处理所有其他的事情，但同时外表要酷。"这个定义并不完美，但如果设计师对着苹果手机而不是对着功能相似的三星欧美雅喃喃自语的话，这个定义从逻辑上就与之相配。

人们就是为这个付钱的吗？创造美感的能力超越了平淡的技术能力吗？据我所有的建筑师朋友说，答案是肯定的。毫不含糊。苹果手机成功的原因是它看上去很性感。在他们看来，顾客是这么反映的：

表12.5　苹果手机分析表B

价值	动机
$ 50	对手机的需求
$ 100	对MP3播放器的需求
$ 100	对掌上电脑的需求
$ 50	拥有以上三种物品的方便
$ 20	喜欢绝妙的插件
$ 200	喜欢它的外观
$ 20	享受被人关注
$ 60	兴奋——苹果手机发行的那一刻的激动兴奋与攀比心理
$ 600	合　计

如果这是事实，那么应该能够生产一种装置，它具备所有苹果手机的功能，而使用一种丑陋的外壳，然后以400美元的价格出售。同样，还可以生产一种装置，其功能非常不好，也没有苹果机的各种铃音和哨音，但让它外观非常漂亮，这样仍然可以卖几百美元。以下的对比证实了这样一种观点：

表12.6　手机对比

	三星欧美雅	苹果	黑莓风暴
价格	$ 269.99	$ 600.00	$ 249.99
合同	两年	两年	两年
固定内存	8Gb	8Gb	1Gb
内存变量	热切换16Gb 三帝公司	无	热切换16Gb 三帝公司
重量	4.34盎司	4.76盎司	5.47盎司

（续表）

	三星欧美雅	苹果	黑莓风暴
通话时间	346分钟	480分钟	270分钟
显示屏	3.20英寸彩色	3.50英寸彩色	3.25英寸彩色
相机	500万像素	200万像素	320万像素
MMS	是	否	是

如果你只看第一行，这个分析表可能就不会做下去了。苹果手机至少比其他两种手机贵300美元。尽管事实上这三款手机外观相似，但这并不能让它们处于相似的价格水平上。很明显，人们多付了很多的钱因为苹果手机太性感了！其实，也许不是这样。

记着谷物食品的例子，我们看看这三种手机不同的构成部分，问问钱到底花在哪些方面了。我们不得不承认从很多方面来说，苹果手机都相对较好，不管其外表怎么样。它通话时间长，显示屏幕大，板载内存大。人们是在为这些特征，最起码是部分特征而付费吗？

苹果手机的其他方面研究起来很有意思。上市两个月以后，8Gb的那一款从600美元下降到400美元，表明手机的价值与情感因素有很大关系。手机一上市，每个人就不得不买一部。因此，下列表格可能更加准确：

表12.7   苹果手机：对情感因素的理解

价值	动机
$50	对手机的需求
$100	对MP3播放器的需求
$100	对掌上电脑的需求
$50	拥有以上三种物品的方便
$20	喜欢绝妙的插件
$60	喜欢它的外观
$20	享受被人关注
$200	兴奋——苹果手机发行的那一刻的激动兴奋与攀比心理
$600	合计

如果去掉兴奋的情感因素，那么手机只值360美元。与三星欧美雅和黑莓风暴相比，人们多付了100美元左右的保险费，这可能是为它的"设计"或者其他优势（通话时间长、大屏幕等）而埋单。

专业的产品开发人员有办法揭示这些数字的划分情况。其过程基本与痒痒测试相关。他们胳肢身体的某个部位，看看人笑得是不是厉害。然后再胳肢其他部位。通过不断摸索和线性回归的方法，最终分辨出身体最怕痒的部位。同样，他们也可以得知购买价格中最重要的部分——即：人们为哪种东西花了最大的价钱。

建筑中也可以做同样的分析吗？当一座城市、一个公司或者某个人为建筑师的服务付钱的时候，确切地说，他们是在为什么东西出钱？在大多数情况下，法律规定需要建筑师的参与，我们暂时不管这一事实，那么我们可以说什么是有"价值的"，而什么没有价值呢？我们粗略分析一下；假设一项2000万的工程，建筑师按7%来收费的话，那么就是140万。

表12.8　建筑服务费用划分

价值	组成
$200000	方案设计
$900000	DD和CD阶段
$300000	施工阶段
$1400000	总计

因为这个表格只标出了建筑师工作的阶段，因此我们称之为粗略分析。我们大多数人都可以看到这一事例——我们往往这样提交费用建议书。但这并不能反映实际上什么是有价值的。这也表明这个阶段是有共性的。我们怎样才能以不同的方式来考虑定价，从而把我们是因为做了些什么而得到报酬的这个问题阐释得更清楚呢？

假设我们不用"普通"的建筑师，而出去找到了一个获过奖项的高知名度的设计师来完成第一次设计。然后雇佣另外一个知名度较低的建筑师来完成这项工程。我们不得不付给知名度高的那位建筑师更多的报酬，其划分如下：

表12.9   出色设计的付费款项

价值	组成
$ 400000	方案设计
$ 900000	DD和CD阶段
$ 300000	施工阶段
$ 1600000	总计

人们不会为服务付费——而是为服务所创造的价值付费。正如众多建筑师所证实的那样，一位建筑师每天醒来以后就开始画图并不能保证自己就有份工作。因此创造价值的服务是什么？我们可以像剖析苹果手机那样来划分服务项目。也许这样的思路比较清晰：

表12.10   建筑服务：细节分析

价值	阶段	组成
$ 200000	图纸设计	基本费用
$ 100000	图纸设计	激动情绪/营销
$ 100000	图纸设计	需要出色的"图纸"以让投资者信服这是一项不错的投资
$ 600000	DD和CD	基本费用
$ 150000	DD和CD	公司的可靠性
$ 150000	DD和CD	和谐的工作关系
$ 200000	施工	基本费用
$ 50000	施工	公司团结一致的名声
$ 25000	施工	谁将成为承包商尚不明确
$ 25000	施工	我可以摆平承包商，但是在处理遗留问题清单方面让建筑师与我并肩作战将非常有价值
$ 1600000	总计	

通过这种假设，我们可以开始评估设计的价值。要记住这些数字代表的是价值，不是成本。这并不是建筑师得到的报酬，而是这些服务给客户带来的实际价值。我们必须考虑到这与设计有直接的也有间接的关系。一座设计完善的建筑在施工阶段可能会进行得比较顺利。一座精心设计的建筑其进程可能会比较缓慢，这是因为迫不得已。不管怎么样，在价值的不同组成部分之间可能存在一些重要联系。

对于那些与设计联系最直接的组成部分我们该说些什么？我们肯定会说到"激动情绪/营销"以及"需要'有效'的文件来说服……"，其余的部分看上去与设计并不存在直接的联系：我们很容易就能想到一家公司，它的设计很棒，但其他方面很差劲。大部分人都可以不加思索地说出几个这样的公司。大多数人也可能想到几位设计师，他们在与设计无关的方面拥有着过人的才华，但在设计方面却表现平平。理解我们的客户是如何做出付酬决定的，这很关键。在上面假设的高知名度的设计师中，客户多付了他20万美元的服务费，与"普通"建筑师不一样——实际上这是一般建筑师的方案设计服务费用的两倍。如果20万美元是基准费用——一个人对方案设计服务费用的最小期望值——那么客户所支付的40万美元表示它增长了100%。这种情形令人信服地证明了一个出色设计所拥有的价值。

现在考虑另外一个事例：高知名度的建筑师采用了富有革命性的设计方案，在其CD和施工阶段制造了梦魇般的情形。假设客户仍然愿意为这个出色的设计方案支付40万美元。但是因为这位知名的设计师很难共事，"公司的可靠性"、"和谐的工作关系"以及"我可以摆平承包商"这一系列的服务都严重贬值了。记住这些数字意味着建筑师对客户的价值。

表12.11   服务价值估算

价值	阶段	组成
$ 200000	图纸设计	基本费用
$ 100000	图纸设计	激动情绪/营销
$ 100000	图纸设计	需要出色的"图纸"以让投资者信服这是一项不错的投资
$ 600000	DD和CD	基本费用
$ 50000	DD和CD	公司的可靠性
$ 60000	DD和CD	和谐的工作关系
$ 200000	施工	基本费用
$ 50000	施工	公司团结一致的名声
$ 25000	施工	谁将成为承包商尚不明确
$ 15000	施工	我可以摆平承包商,但是在处理遗留问题清单方面让建筑师与我并肩作战将非常有价值
$ 1400000	总计	

在这个事例中,有位客户欣赏这个出色的设计方案,愿意为此付钱。但因为价格的其他组成部分,其总价与"普通"设计师的方案相同。

这些事例都是推测。并不是要陈述什么,也不是为论证"普通"建筑师和偶像建筑师的事情,只是要阐释人们对建筑服务的定价有着细微的差别。我们把"设计"理解为工作的核心——我们最有价值的行动——但应该明白它并不是建筑师职业范围内的唯一活动。一个出色的设计及其作者产生的衍生效应轻而易举地就可以抵消它所带来增加值。设计的价值是与其他服务相对立的,理解这一点至关重要。

我们必须清楚自己的价值——调整我们的收费——以客户的认知为基础,而不是以阶段和小时为收费的依据。总的来说,如果我们发现客户不为我们的设计（建筑理念）付费，就应该引起我们警觉。如果我们发现即使有我们的顶尖设计师参与，而客户仍然不为我们的设计付费的话，就应该引起我们的恐慌了。

13 | 史上最绝妙的点子

第一次听说宠物岩的时候，我产生了一种轻微的生存危机感。当时我十二岁左右，看到旧物销售场上有人出售宠物岩。我问那位女士那是什么，她告诉我说："是宠物岩。"

我问它是干什么用的，这位善良的女士回答道："哦，这个，它是……宠物……你给它穿上衣服，跟它说话……还有……"

我插话说："它是……块……石头。"

我跟这位女士对望着，好像双方语言不通，而且也没有手势。她头上的圆发髻表明她是位坦白正直的人，但我觉得她在开玩笑。如果我买了这块石头，那我就是在一个我所看不见的舞台上装傻。我盯着她看了几秒钟，等待着她的澄清；但她只是抿嘴一笑。我一无所获地离开了。

回家的路上我一直在想这件事情。我不知道在这个世界上自己是个傻瓜还是个聪明的人。在东西上粘上眼睛然后把它当成宠物出售，真的吗？这看上去不合理。但事情就是这样，我也该有几个点子。我也能粘。我的零用钱足够买许多大眼睛的了。

我父亲从来都不赶流行文化的时髦，即使他经历过这种现象，对我所说的他仍是一无所知。我找到了百科全书（老式的因特网），书中对这种现象做了描述，但并没有说它为什么这么流行。为什么上百万的人突然就决定要把石头作为宠物呢？

我相信宠物岩是有史以来最愚蠢的想法。我由一对世俗的人类学家养大，一直相信在自由市场上钱是流向妙主意的。所有一切都是平等的，如果你的产品或者服务良好，那么理所当然地，会有人愿意为你的产品和服务埋单。如果你的主意真的很棒，那么人们就想对它进行投资，因为他们想分享未来的成功果实，而这果实当然应该属于你。那么，我们该如何解释宠物岩呢？宠物岩的时尚是由一位名叫加里•戴尔的广告公司经理引领的。准备工作很简单：把普通的石头拿来，在上面粘上眼睛，然后把它们当成宠物出售。这完全是愚蠢的想法。如果我在银行工作，有人穿过大门要求贷款做宠物岩的生意，我可能会报警。但是，这个想法吸引了资金（从一些地方）并让戴尔成为一名百万富翁。从最基本的道理来说，戴尔创造了价值，而价值为他带来了金钱。

由此得出的结论就是：如果人们不买你的点子，就说明你的主意不够绝妙。这意思是指，如果你跟199名参赛者同台竞赛而你输了，就说明你没有创造任何经济价值。你的主意也许是好的，但在陪审团看来它并不是最好的。没有人会为你的主意埋单。用精确的经济术语来说，你的工作所创造的价值比宠物岩要小。

我们都知道这是一个愚蠢的结论。我们所做的工作当然是有价值的，即使我们没有在比赛中获胜。它有价值，因为我们已经学到了东西。也许我们所做的可以收入我们的作品中，并成为未来我们的优势之所在。但事实是：我们想出了一个主意，它很好，但我们并未因此得到报酬。有时候，我们绝妙的主意连一美元都不能为我们挣来。

14 | 概念建筑师

当我们为了使建筑师努力认识新的方法，以便他们为社会创造价值的时候，要知道我们是在为建筑师创造价值。建筑师并不是一直都能够吸引其他专业服务的经济回报。尽管收入通常都与高等教育、威望及其专业素质的其他方面相联系，但相对于我们所接受的大量训练来说，我们的收入很低。[1]人们会说，建筑师有其他的动机。我们的工作与其说是追求金钱，倒不如说是追求真理、正义和美国范儿。我们为了美丽、荣誉而战，但决不是利益！幸运的是，本书讲的并不是如何获取利益，而是如何在大衰退期扩大设计的自主权，因此我们应该期待行业产生演变，它不会降低我们的经济安全感。我们必须知道，创造价值和保护价值是两件独立的事情。我们已经知道自己的想法是富有价值的。但是，作为职业技能，应如何保证它们转变为价值呢？

首先也是最重要的一点，我们应停止免费赠予别人价值：

开发商与客户的规划中总有源源不断的建筑，他们已经满怀

热情地慢慢接受了建筑师经常给他们提供的简洁的概念性设计的
建议，这些建议具有很高的价值，而对此建筑师只收很少的费用
或者完全免费。[2]

第二，我们知道我们的建筑业中最有价值的方面可能是设计，但建筑
师有意向提供其他方面的服务，它们自身也具有很高价值：

> 可笑的是，在动工前与竣工后这两个阶段内，人们会为设计
> 与建筑的核心之外的流程提供越来越多的服务。这些服务——总
> 体规划、房地产战略、战略发布会、选项鉴定以及正在进行的设
> 施管理——跟建筑师的专长很适合，并且客户在取得商业成功的
> 过程中对此评价也很高。[3]

第三，我们知道，放弃对其他服务的操控并不一定意味着我们就对设
计过程拥有了更多的控制权，或者就能够把设计做得更出色。这也是最重
要的一点。

> 一个世纪以来，建筑师从总体规划师的行业中分离出来，在
> 此过程之中，其价值已遭到贬低。可笑的是，虽然建筑师把兴趣
> 范围缩小到外观范围，但他们已经丧失了自己的据点：对外观的
> 控制权。[4]

作为建筑师，有很多创造价值的方法。令人惊讶的是他们迅速忽略了
其中大多数的方法。我们作为总体规划师和客户代表的角色并不是不择手
段取得的——我们放弃了。与查核业权和验证留置权豁免的工作相比，大
部分的建筑师更喜欢进行设计，因此，这并不是难事。使建筑师的专业服
务产生价值的大部分技能已遭到破坏，而它们还能不能还原到建筑师的职
业中则更不明朗，这是事实。

本章将探讨建筑师创造价值的主要方式：设计和思想。

商标与专利的基本原则表明，如果你能想出好的主意，你就会变得有价值。这是资本主义、民主和现代进展的核心。有时候，即使你想出一个极为糟糕的主义，比如宠物岩，你也会变得富有价值。现代版权、专利和商标的法规就是为了全方位地保护创新的。这并不是说创新只为发明者的利益而存在。大部分的专利只会保持有限的时间——因此发明所带来的好处最终都会普及大众。从理论上来说，发明者希望自己的发明传播开来。作者希望大家广泛阅读自己的作品，发明者希望人们使用他的发明，音乐家希望大家聆听自己的音乐。版权与专利法规的存在在某些方面创建了一种平衡的局面：他们允许发明得以传播，并且为发明者和利用该项发明的人们带来利益。

作为建筑师，创新是我们的核心工作。但是，作为一项专业服务，我们与其他创意产业有所不同——我们创新的成果实际上成为客户的财产。单纯从法律意义上来讲，建筑设计是典型的"服务工具"，它们是建筑师的财产。但是，跟返还到发明者手中的版税不一样，我们的思想所带来的持久利益不会再回到我们身上，因为也许我们可以保留知识产权，但是建筑设计实际上是种一次性的服务。要做一些负责任的设计，我们不得不带着最热切的希望来发现新的东西以开始新的工程。我们不必为了建筑自身而寻求新奇，每一项设计任务都会在某个独特的时候以其独特的场地为开端，因此出色的设计就需要独特的方案。凭良心来说，我们不能把为一个客户做出的设计随意拿到另外一项工程中去用。我们可能会成功地获取某项设计（施工一旦开始，它就没有多大用了）的知识产权，但是其他的好处都归别人所有了。

跟音乐家、艺术家、作家、发明家和其他创新者不一样，建筑师好像很乐意免费把自己的点子赠与别人。其他这些创新者会竭力保护自己的作品。他们获得了版权、专利权，注册了商标。建筑师并没有谨慎保护自己的点子，这是他们的职业文化。

不管职业服务法规和知识产权的机制是什么，这里我更感兴趣的是导致建筑师经常泄露自己的作品内容的文化原因。每位建筑师对这种文化的起源都心知肚明。

建筑学院教授的是创造和创新的能力。其他的学术课程以知识的现有结构回馈你，但建筑学就不一样，它给予你的是令人耳目一新的看待问题的方法。从理论上来说，它教授的是产生新想法的创造力。但是，建筑专业的学生并不会因为这些努力而获得报酬。实际上，他们为想出新的点子付出了大量的金钱。在学生的学习期间，不管他创造了什么通常都会成为其作品中的材料。学生可以要求创意借贷，而其作品可能会为他赢得就业机会和社会的认可。而知识产权则属于学校。一些无偿的想法开启了建筑师的职业大门。建筑专业的学生在工作室内度过了无数的不眠之夜，其工作压力远远超出其他任何学术研究领域中的学生，他们竞相提出最优秀的想法，而受到的教育却是：每个人都要相信，公众对自己想法的广泛认同就是自己唯一奢求的报酬。作为一种报酬的形式，认同是强大有力的，它让建筑专业的学生放弃了学术生活中的一些正常方面，比如：定期闲散一阵子，睡懒觉，等等。

一名学生的想法还不够成熟稳健，不足以获得补偿，这种说法值得讨论。建筑师学术生涯中的文化传承为其同样无报酬的职业生涯搭建了舞台。建筑师步入了自己的职业生涯，并没有期望报酬。看到自己的设计体现在建筑的形式中就是我们努力的最终报酬——这就是我们受到的教育。建筑的形式与外表成为次要的事情。除了最初的设计费，建筑未来所有的经济利益都在我们所得的范围之外。将来这座建筑租赁的现金、股权的升值、转售的价值等好处都属于业主。

从某种意义上来说，这似乎是公平的——业主为设计、施工和土地付了款。但是从理论上我们可以这么理解：出色的设计造就了良好的建筑，而良好的建筑比糟糕的建筑更富有价值。因此如果建成一座良好建筑的话，谁会受益呢？一名优秀的设计师做出了出色的设计图，而出色的设计图建成了良好的建筑，但是这名优秀的设计师又得到了什么呢？设计是一项专业服务，但它实际上是为建筑而出的一个点子。在其他服务项目与领域中，当一名创新者想出一个点子，并且它以物的形式体现出来之后，他就会因为自己的想法得到了实践从而获得一些持续永久的报酬，比如作者、发明家或者征收版税的作家。建筑师不会这样做，更有意思的是，他们不会这么期望。

在这一点上，建筑师跟其他的专业服务也不一样。其他的专业服务本身并不征收版税，但是至少他们的工作会衍生出一些持久的利益。其他一些职业领域具备一些自我续存的方法。好的医生会使我们活得更加长久，但是生命的延续会产生更多的健康问题，这就意味着我们需要更多的医生。律师每次诉讼或者送交的案例都加入到了普通法的庞大体系中，这样就保证了未来会需要大量的律师从前人制定的普通法中对此进行筛选。

建筑师非常不幸，既不能像同辈的艺术家那样获取利益，也不能像同辈的专业人员那样拥有自我存续的机制。客户需要建造某一座建筑，也许需要一个建筑计划。建筑师根据设计任务进行设计，得到了一定的报酬。

建筑师收到的设计费，受到的批评和他的名声，还可能有各种各样的情感和心灵的报酬，都取决于其设计的结果。但是，它不能再次使用这一设计了。人们认为循环使用老旧想法是劣等设计师的标志。

设计师乐意，但并不是公开地把想法赠给别人。只要有7%的设计费，我们就愿意为之尽力。我们可能会让步，因为从接受建筑训练之初就有人告诉我们这种赠予是正常的。我们生活在一个*概念社会*和*概念经济*中。如果建筑师要扩大自主权并赢得尊敬，就不能再继续赠予自己的想法了。

尽管有时候报酬仅有7%，但建筑师还经常以各种形式把自己的作品赠送出去。一般来说，有两大主要的免费区域：知识分享与竞赛。

知识分享的形式是多种多样的，这取决于其年代和工业技术。在某些方面，建筑学中的知识分享难以避免。建筑师设计了建筑，而它的存在就是对未来经过这里的所有建筑师的表白。在文字书写、印刷机和计算机诞生之前，建筑师通过建筑形式找到了与世界分享自己知识的方法。

但是，信息时代为所有职业重新定义了知识的分享行为。有史以来人们第一次几乎可以即刻与世界分享自己的发现。就建筑师而言，他们不必为了分享自己的想法而去进行建筑或者发表材料。我们可以在鸡尾酒纸巾上准确地画图，并且可以让整个世界在几分钟之内都知道。

全球范围内，即刻的知识分享为创新活动搭建了一个前所未有的平台。从印刷机到电子数值积分计算机，人类花了500年的时间，但从电子数值积分计算机到苹果手机人类只花了50年的时间。这对于艺术家、发明家和各行业中创造各种想法的人来说是个好消息。但是，对于上文提到的倾向于免费赠送想法的建筑师来说，这使他们有机会把自己宝贵的想法泄露得更迅速更完全。

在技术产业中，创新活动的加速被人们可疑地冠以"病毒"的称号。这是一个过程，在这个过程中一些想法通过网络传播出去，并不断地变异和进化。从某种意义上来说，一直以来思想都是这么传播的，但在网络世界里我们可以观察整个过程，速度快得令人咋舌。在某种程度上，数码科技就是这么传播的。因为数码科技可以无限复制，它可以从一处复制到另一处，而不遭受损失。就数字输出而言，其传播过程中的变化本来是由于人的想法和蓄意行为而造成的。

想象一下孩提时代的"电话"游戏，通过对比再把它应用于新的音乐数字中。如果一个音乐家要写一首歌，并通过电话为一位朋友弹奏，总体的旋律和乐句划分法也许是完好无损的，但某些音符就会弄丢。如果那个朋友再通过电话弹奏给第三个人听，那么会出现相同的结果，有些音符是添加的，有些音符则遗漏了，接下来我们听到的歌曲可能会面目全非。

如果通过数码录制这首歌并给朋友发送到MP3的话，情况就完全不一样了。复制将十分完美。尽管它被复制了很多次，但它会跟原来的一模一样，除非它被刻意更改。可能有个朋友觉得这首歌不和谐，于是调整了它的低音和高音部分。另外一个朋友可能会添加一小节即兴歌词。我的原创歌曲就成了创新的框架，我和朋友们都在创作的过程中受到重创。我们分享着彼此的知识体系并创作了一首歌曲，如果单靠两个人中的任何一个都是不可能创作出这首歌曲的。在这种情况下，我们应该问问这首歌的创始人如何保护自己的原创。就音乐而言，它只通过版权来传播。如果我谱写并复制了一首歌曲，而有人想修改之后并通过新的版本来盈利，那么只要我得到了补偿，他就可以这么做。我也能够，我有权准予某些人使用并按照他们的意志修改这首歌曲而分文不取。总之，我想拿我的想法怎么样就怎么样，因为它是*我的*。我拥有它。

建筑也可以以这种"病毒"的方式传播吗？我们可以把图片发送到太空，而为了追求最美的形式和有效的方法，其他人可以对此进行轻微的调整吗？建筑师可以加入到全球的知识工厂中，从而更加迅速地创造出更完美更具有经济魅力的想法吗？

从某种程度上来说，这已经发生了；这就是大部分的公司内部运作的方式。建筑现在是，也一直是一项需要协作的活动，它对协作的需要程度比公众所认为的还要严重。病毒式传播的拥护者沉迷于这种传播方式所带来的种种可能性之中，而不是把这种合作迅速传播到各种不得不面对的现实中。他们指的是因特网——富有争议的现代最好的发明——它不是被哪个人发明的，但每个人都参与了它的发明。它由几十亿人不可估量的贡献而成。我们可以效仿IT业吗？

也许我们可以从探讨IT业与建筑的不同之处入手。虽然他们都属于"思想"领域，但从一开始它们之间就存在明显差异。建筑包含一些艺术性质。虽然有很多IT专业人员会争论编程也是一门艺术，但艺术与艺术可不能同日而语。建筑解决的是形式与构造的问题——以公开的方式，依然是这样。建筑师与程序设计员所接受的训练也迥然不同，建筑师受执照和法律相关事宜的约束，而程序设计员就免受其难。程序员一般比建筑师赚得更多，这也显而易见。但是，看看薪级情况是怎样揭示了更多的职业动机的吧。

作为建筑师你可能会赚很多钱，程序设计员也是这样。但是，建筑师的薪水增长得更快。他们的薪水起点低，但会扶摇直上。在参加工作的第一年，程序设计员的薪水一般比建筑师要高1/3——这不需要更高的学位。

建筑师提高薪水的动力比程序员要大得多，只要这么说就足够了。建筑师以自己的思想为筹码提高待遇。当他们产生了好的主意并有了出色的设计，就会得到业内外的一致认可，从而提升了自己。建筑师可以凭项目管理专长或者技术能力而赚钱，但从根本上来说他异于别人的还是自己的想法。建筑师是一名发明者，这种性质把他与只靠技术赚钱的人群区分开来。

直觉告诉我们另外的事实：如果你是一名普通的程序设计员，你一样可以谋生。你可以跟一些俗人做交易，照样可以养活一家人。以严格的经济术语表达，从事IT业更理智。而从事建筑业就远远不是如此了——除非你可能成功。除非你把好的主意公开并因此受到好评，不然很难想象你如何才能得到经济上的报酬。伴着知识的分享行为，我们行业内的经济成功机制呈现出令人痛楚的两极分化局面。

先把经济因素放在一边，我们转向有决定意义的成功事件。对于外界来说，建筑业内成功的道路很简单：一个拥有卓越天分的人凭一幅鼓舞人心的作品一举成名。但对于业内人来说，要取得真正的成功就有些复杂。表面上他们与优秀的"设计"创作有关，但这个术语很难定义，因而它运行的机制就一定复杂得多。这里我们进行一下简单的评论：真正成功的建筑业是一个非常陡峭的金字塔。

每种职业都有它的金字塔，不管是陡峭还是沉缓。而其陡峭的程度只是反映了与行业中层和底层人员相比，那些顶端的人所占的比例大小。比如专业运动的金字塔就非常陡峭。成千上万的年轻男性和男生渴望称霸NBA。不幸的是，你可能是高中最优秀的运动员，但你没考上大学。你可能是大学里最优秀的运动员，但你没有被选拔入队。你可能进了NBA，但你进了一支受气包球队。在这个旅程中的任何时候，你都可能撕裂前十字

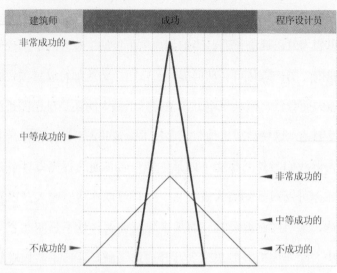

图14.1 两种类型的金字塔

韧带，从此永远退出篮球运动场。美国大约有2万所高中；假设每所学校的高三有5名球员，他们每年练习75天，每天3个小时，那么这些男生每年为了NBA准备2250万个小时。NBA只选拔60名队员，所以高中球员中只有0.06%的希望能够因自己的努力而获得经济上的报酬。对那些进入并保持在前10名的，其报酬就很可观。但是对于中层或者底层的运动员来说，基本是没有什么报酬的。在表演界或者战斗机飞行员中也存在类似的现象。顶端的人数寥寥无几，而报酬如此可观，有志于此的人又是如此众多，这些职业的机制发展呈现一定的弧度。

也许是因为这种弧度，我们逐渐把设计竞赛当成一种免费工作的形式。我们开始接受它们，并以此作为自身从金字塔的底层一跃而起直冲顶峰的手段。当我们考虑接受知识分享的时候，设计竞赛值得引起我们的关注。它们是创新的铅弹。建筑业把大量的果馅派扔向了栅栏，希望有一个能挂得住。

　　竞赛的基本结构很简单。客户将事件公开，吸引了一小群建筑师和参与方来做评审团，经过一系列的程序和喧闹之后，当众宣布获胜者。有些比赛相对仓促，也不正式——可能永远不会为业外人士所知。有的则为众人皆知且讨论热烈，比如曼哈顿下城世贸中心的竞赛。有些设计得以付诸实践，有的只是发表而已。不管怎么样，竞赛作为传统方案设计阶段的替身，日益流行。很多人认为竞赛是决定我们建筑的集体命运的更为民主的方法。名不见经传的年轻人胸怀大志，征服世界，就跟21岁的林璎在1981年为越南战争纪念碑所做的设计一样。年长的过气的建筑师被挤到了边缘（至少不那么锋芒毕露），建筑业在不断进步，起码在理论上是这样的。自1922年芝加哥论坛报竞赛以来，人们视竞赛为建筑业内新兴思想的讨论和导航的方法。芝加哥论坛报竞赛本身也是引人注目的，它诞生了最出类拔萃和最激动人心的现代主义者的提议，虽然最终的获胜作品是约翰·米德·豪厄尔斯与雷蒙德·胡德设计的哥特化的古塔。相对获奖者而言，建筑师对竞赛失利者的研究更加充分；第一年关于建筑史的报告和竞赛会展示阿道夫·洛斯、瓦尔特·格罗皮乌斯和布鲁诺·陶特的作品，尽管这三位甚至没有获过荣誉奖。

　　但芝加哥论坛报竞赛已成过往，我们也不会对当下的竞赛的输家多费笔墨。偶尔我们会讨论亚军和季军，不然参赛者将成为无名之辈。建筑类的竞赛，跟有志于打入NBA的球员或渴望成为宇航员的付出一样，只为获胜者提供报酬。

　　假设有一场建筑类的比赛，它将为获胜者提供2000万美元的工作机会，有200人参赛。为取得参赛资格，平均每名参赛者花了360工时——等于三个人工作三个星期。这种情况下所有建筑师都会每小时收费100美元。因此，据估计每名参赛者为准备比赛平均每人花费3.6万美元。冠军的奖金是5万美元，亚军2.5万美元，季军1万美元。冠军会拿到设计合同，报酬为7%的施工成本。这前三名也会得到媒体的宣传。这难以用金钱衡量，但是，至少在未来的某个时刻，冠军可能会因为媒体的关注而获得两份类似的工作，亚军可能会获得一份工作，季军所得到的可能相当于半份。极其重要的成功可能不必以此种方式衡量，但因为缺乏更好的标准，我们以此代替。

表14.1　参赛费用

	冠军	亚军	季军	第4～200名
提案费用	－ $ 36000	－ $ 36000	－ $ 36000	－ $ 7092000
奖金	$ 50000	$ 25000	$ 10000	$ 0
设计费	$ 1400000	$ 0	$ 0	$ 0
媒体宣传	$ 2800000	$ 1400000	$ 700000	$ 0
合计	$ 4214000	$ 1389000	$ 674000	－ $ 7092000

正如我们所看到的那样，前三名在经济收入方面很可观。如果竞赛为亚军和季军赢得未来的工作机会，那么他们的处境就比较乐观；而冠军这两方面都遥遥领先。她得到了奖品、奖金、荣誉以及工作。她就是建筑界内的科比•布莱恩。

这与建筑、美德和成功的传统观念相统一。她赢得了比赛，因而名正言顺地陷入了名利的圈套。客观公正的"盲目"的建筑专家陪审团认为她的作品是最优秀的。那么问题出在哪里？我们要观察两个方面：大赛举办者与整个行业。

比赛的组织者并不亏欠没有得奖的参赛人员任何东西。组织者只想跟冠军打交道。即使是亚军与季军都不会过来赴宴。很多比赛中，他们甚至都没有任何奖品。尽管如此，组织者还是拢聚了海量的人才与作品。组织者获取了720万美元的方案设计服务费，为此他只需要支付8.5万美元。他筛选自己感兴趣的作品，而把其余的都打发掉。他甚至可以把所有的方案都扔到垃圾桶里，而继续选择造价更低的方案。如果没有竞赛，组织者仍然要支付8.5万美元的方案设计服务费，但他不会让200名建筑师来处理这个问题，他只可能有一种方案。组织者会拥有整个建筑业内最出色的点子，而只需为此支付很少的费用。

那么整个的行业是什么情况呢？在这一事例中，行业蒙受了经济损失。这一结论是通过统计四组人员的得失得出的：

表14.2　行业的参赛费用

	冠军	亚军	季军	第4～200名
参赛收入	$ 4214000	$ 1389000	$ 674000	$ -7092000
行业总收入	$ -815000			

没有获胜的建筑师的作品所具有的经济价值比获胜者的经济收益大得多，多出80万美元。有的人可能会以为这只是对未获胜者的担忧。但是，我们所目睹的却是开发商、市政府、公司——确切地说是社会——贬低了我们的服务。用经济术语来说，社会向大家表达了这样的意思：设计的成本比他们所带来的利益要高。假设该事例中建筑界为了客户的工程方案与构思在设计阶段投入了7.2万小时，而建筑师每小时收费100美元。另外的1.4万小时花在合同阶段。在整个过程中，客户总计付费148.5万美元，平均每小时17.27美元。作为一种产业，我们只得到了我们应得报酬的1/6。

建筑师因其自我贬低的行为而声名狼藉。他们工作时间长，所得报酬低，并在这个过程中产生了高尚的感觉。饥肠辘辘的建筑师，是聪颖的天才也是高尚的牺牲者——这已成为神话的一部分。建筑师放弃了律师和医生的物质享受，因为，为创造美感而努力是最高尚的事情。这种想法的困境在于它忽视了这样一种基本事实：我们所做的一切是宝贵的，但我们却只得到了我们应得报酬的1/6。19世纪只有少数杰出的医生为了为数不多的富裕病人相互争斗，而业内其他的医生则面临着"降价的残酷局面"[5]，现在我们对此并不陌生——我们几乎是不得不蒙受损失，并允许我们的职业以这样的方式构建起来。

为了把医学界从降价的境况中拯救出来，那些富有远见的医生努力为每一位从业者——并不仅仅是那些能够吸引和找到富裕病人的医生建立他们正统的优越地位。医学界承认医生有优劣之分，但它提出每一位医生都要严肃对待自己的职业并提供有价值的服务。这样就把个别从业者的影响与威望转移到整个行业结构中来，从而使所有医生都可获益。很明显，尽管美国的建筑师协会为此付出了努力，建筑师还是缺乏这种有利的行业结构。对于行业顶端的建筑师来说，其报酬是可观的——并且远远超出了金钱的价值。可是，对于那些没有到达行业顶峰的从业者来说，他们的思想还可以得到什么报酬呢？问一下跟你关系最好的建筑师吧！当然，你会得到不同的答案——这与建筑师对自己的工作的满意度有很大关系。他的工作将带来经济、情感和一些重要的奖励。通常我们以其中一项为代价换取另外的一项。如果什么报酬都没有的话，我们就应该认识到自己的想法是徒劳无益的。

因此，我们必须对竞赛以及其他使我们的工作整体或部分贬值的事物持怀疑的态度。我们必须充分利用分享技术知识的优势，在它们提供的各种机会中获得发展。它使我们——但也使贬低我们工作的那些人产生了这样的潜力。我们必须记住一个出色的主意永远是宝贵的。

15 | 一切事物的基础

8岁的时候我依然懵懂天真，但偶尔也步履蹒跚地迈向成人的世界。当时，我在父亲住处的后院里，坐在多节的红枫树的枝桠上，这棵枫树伸出了院子的中心。对于我来说它意义重大——它是游乐场、避难所，也是阴谋与探险的源头。在5～8岁的时候，这棵枫树让我初尝擦伤与青肿之痛，从树上跌落的经历让我学会了爬树。我坐在那棵树低矮的粗枝上，认识了虫子、重力和季节的更替。

某天，我懂得了知识与畏惧；人类意识的整个轮廓开始探进我的内心。当然，那时我还缺乏认知的能力和词汇，不能完全理解或者记下那些事情，但我试着以原始的情节重新还原当时的情境。

我坐在最低的树枝上，向东边的树林望去。对于我这并非不寻常之事——作为一个孩子，我开化得可能有点超前，我望向太空，孤独忧伤地度过了大量时光。如果我晚20年出生，可能得接受药物治疗。但是那时让孩子吃药并不流行，既然一些设备还没有诞生，我就使用自己的设备了。

　　小树林不深也不密，但有野生动物，对于那时候的我来说，它仍然是很宽阔的。我穿过树林，偶尔会发现乌龟、蛇或者兔子的踪迹，我把自己想象成冒险的绅士，他注定要在《国家地理》中扬名。这天，我来到小树林里。我待在树枝上，看到一只白尾巴的鹿从树林中出现了，它动作谨慎，转动着脖子让鼻子找到更合适的方向，试着捕捉任何可能的猎物的气息。它在灌木丛边上停住了，看着两条道路，明显是在考虑什么，像一位刚有了宝宝的妈妈穿过街道。它温吞吞地走了几步。接着，信心大增，朝着院子中心大步走来。就在这时，我意识到它是朝着父亲的花园走来了，而那些不久就会派我采摘的青西红柿看来并不是它的首选。平生第一次我离一只鹿如此接近——它可能足有三十到四十英尺，但是对于幼小的我来说，好像我可以伸出手去抓住它粗壮的脖子，纵身跃向它的背后，耀武扬威地把它赶到树林中。

　　白尾鹿的名字缘自它的外表。在你有机会靠近它们的时候，它们往往就已经跑开了。你只能看到它们尾巴上摆动的白毛。直到那天，我对它们的了解仅限于此。白尾鹿疲倦地在树下走着，我看到了它光亮的短毛，它精瘦的肌肉，它黑曜石一样的眼睛环视着四周。

　　最美妙的是这头鹿并没有跑开。它没有理由跑开——它看不到我，闻不到我，也听不到我。我坐在顺风的高处，安安静静的，它完全看不到我。

　　值得一提的是，那时我觉得房子后面的树林非常可怕。我是说在晚上。夜晚的时候，那是一片漆黑的海洋，灌木丛后千万只怪兽都试图跑到我们家来。即使在对面明亮安全的房间里，我也会因为担忧而不能入睡。我会在午夜疾跑到楼下，提防着后门，查看是否有野兽朝房子走来，这仿佛是一种自我折磨。我从来都不能（阻止它们），当然也就意味着它们的袭击在靠近。那些在深夜纠缠着我的恐怖事物随着我的长大也在变化，从缩骨妖精到戴着曲棍球面罩的精神病再发展到安珀警报中的罪犯。基本上它们都在黑暗中出现，而它们的家都在我所看不见的地方。

我看着下方的鹿，意识到那就是我们之间的不同之处（我是指最重要的一个方面）。鹿看不到我，因此它不会害怕。而我害怕的是自己感觉不到的东西。在一个8岁小孩的思维中，我把它理解为意识的负担，这是一种人性动物所特有的状态。我理解了当威廉·福尔克纳宣布"一切事物的基础是恐惧"时，他的意思是什么，虽然多年以来我都没有去读。

感官输入的缺乏让人类恐惧。相反，除非有感官的输入——猎物的气味，草丛的响声，不然动物就不会感到恐惧。没有这些东西会让它们觉得放松。那时我也意识到想象是这一切的根源。人类，不同于其他动物，能够想象出一些东西，而感官会告诉他这些东西并不存在。想象出来的事物跟有形的世界一样真实，它们往往超出了已知的世界。我的想象总是超出了我所能感觉到的东西，因此我总觉得害怕。在我8岁的世界里，这是恐怖的一天。我觉得自己一下子长大了。但另一方面，我意识到生命的过程就是变成恐惧感的主宰者，适应未知的世界，而不是成为它的囚犯。

我变了。我试着坦然面对自己的无知，这为我所做的一些事情包括攻读建筑专业打下了基础。

在面对建筑学的时候，我不得不进一步发展，或者是反发展，这取决于你如何看待它。不管你是建筑师还是建筑专业的学生，都很难说"我不知道"。一个人很难不在乎自己的无知。

作为9岁的孩子，我可能朝外望着黑漆漆的小树林对自己说，"里面可能有很多野兽，或者也许什么都没有，我要睡觉了。"但是，作为一名25岁的专业人员，很难这么说，"天棚可能是10英尺，要是11英尺的话，这座建筑就正合适了。"我们都知道，要这么说出来是很有压力的。而这本身就很困难，因为建筑师的工作中会牵扯很多未知因素。我们计算出建筑工业的雨水量，并假设客户会负责地清理檐沟，在这些设想的基础上来确定落水管的尺寸。但我们不能写进我们的规范文件中："4英寸的落水管，如果客户是个怪人，那么就做成6英寸的。"人们要求我们通过各种各样的现象来了解未来和其他未知事物。人们要求我们这么做。他们要求我们审查事实，就落水管所需的尺寸做出令人信服的论断。在技术含量不是那么高的方面，人们甚至要求我们解决更加深奥的问题，比如："砖块要做成什么样子的？"

在绝大部分情况下，我们都屈服于这些要求。我们给出论断，并让它们更加具有说服力，尽管疑虑重重，并且对自己毫无把握的状态我们也感到愤怒。我们这么做是因为工作任务的需要。我们要让自己相信，我们是了解全貌的，因为对你所看不见的东西进行设计是很困难的。

16 | 博学的建筑师

要扩大自主权，我们必须了解自身视野的局限性。人们经常要求建筑师非常迅速地掌握大量知识，在这个过程中建筑师通常开始觉得自己"了解"了这门知识。这种超负荷运转的倾向的根源在他们的学术训练与职业环境中都能找到。

在学科设置中，一名建筑专业的学生其学期安排是非常有规律的：教授为这个学期选择一个工程或者主题，希望学生对此做出正确反应。学生有一些研究的课时，对实例、工地和这一主题的其他方面进行调查。到时候，教授就会要求学生"开始设计"，设计的形式是多种多样的。学生可以开始绘图，或者做建筑模型，或者只是思考或者谈论。这可能太过简单了——在很多方面，设计和制作本身就是一种研究。但对历史、实例或者公司的具体调查通常都非常有限。在这个学期内，学校可能会要求学生设计一座图书馆，而对图书馆的性质与历史的研究只有几个星期的时间。尽管只是对此进行了大体的研究，学校却要求学生表现出远远高于非专业人员的知识水准。因为做建筑研究的人是要成为专业的设计师，而不是专业的图书管理员，因此图书馆方面的知识的匮乏很少遭人发现、公布或惩罚。如果设计专业的学生其设计里面含有一些明显的逻辑缺陷（比如当图书馆坐落在漫滩上却把书放在底层），可能会被人挑出毛病，但人们并不期望建筑专业的学生对图书管理员可能提出的意见做出细致入微的判断。

通常情况下，学校都不会要求学生面对那些特殊的不方便之处。勒•柯布西耶在设计《300万居民的城市》的方案中，对他的过程做出了著名的表述：“以研究者在实验室的方法进行下去，我躲开了所有特殊情况，那些可能是偶然的，并且我想象了一处完美的施工地点作为开端。”[1]勒•柯布西耶是否在实验室待过还值得怀疑。一般的科学家觉得他的提议很荒唐。科学研究不会以躲开或者忽略特殊情况为开端。科学家可能会努力排除统计的异常值，或者边缘化随机事件，这些可能会违背研究的目的。但是进行这些排除的时候都非常严谨。这些操作都有记录，并可重复进行。这并不仅仅是为了排除科学家觉得不方便的信息或者现象。这种排除甚至上升不到个人行为或者创作癖好——它们必须是另外的科学家在其他地方做研究的时候也同样会做出的行为。

但是，勒•柯布西耶的方法可能不会让建筑师觉得荒唐。我们中的绝大部分人都被精确地培养使用这些方法——不需要每一个人都这样，但孤立的设计工作室当然如此。学生的研究通常在画板、计算机、建筑期刊和因特网所形成的封闭圈内进行。在这个圈内，与现实社会的实践行为相关的不方便因素被热情的研究者毫不费力地抛弃了。[2]

没有了要面对惹人恼火的区域法和历史悠久而不合时宜的审查委员会的后顾之忧，建筑专业的学生与图书馆的真正目的、意义、审美、气质、精神等有了更加亲密的接触。细枝末节的缺乏可能永远都不会对我们构成威胁，因为建筑专业的学生由建筑师评委小组而不是图书管理员讨论小组进行评判和评估。学生不必对自己的设计有十分的把握，甚至不必一定保证它是正确或者令人信服的。但是，在这种说服别人的过程中是存在缺陷的——镜像具有欺骗性！建筑专业学生的不完善的思想成为一种美丽的作品，开始欺骗这名学生和批评家，就像一个重复多次的脱口而出的谎言。

当建筑专业的学生迈进自己的职业生涯，他们当然会发现自己要面对图书管理员（或者医生、行政人员或其他可能的客户）组成的评审小组。那时候，其他机制将会强化这种错误的认识。如果一个客户接近了一名建筑师，要求建筑师设计一座图书馆的话，建筑师只有一个真正的答案："好。"建筑师通常不会谢绝工作机会，其原因有多种，这里不再探究。

如果建筑师接触的项目是他以前从来没有做过的，这通常会被看作是扩展作品的机会，一个拓展业务的机会。如果这名建筑师从来没有设计过图书馆，那么他会有几种选择。他可以仔细看一下这方面的快速研究程序并试着学习图书馆的设计与建造。或者他可以雇佣新的项目经理或者有图书馆设计经验的工程建筑师或者设计师。但你可能不会听到建筑师说"我没有资格做这个，也许你应该雇佣其他人。"

建筑师再次发现自己处在这个熟悉的境地：她没有图书馆的专业知识，但无论怎么样人们希望她能做这个设计。人们期待着她以这样的姿态出现：对自己所做的事情有所了解。很明显这个位置从职业方面来看是危险的，而在道德上显得含混不清。美国建筑师协会的《专业实践手册》这样建议："对于一个公司来说，人们认为它样样通并不是它的优势。"支持这种说法的言论是这么说的：

从客户的角度来看，要理清很多竞争公司足以让人觉得困惑，更不用说一家拥有多种信息的公司。如果你的公司因餐厅设计而闻名，那么客户会认为你不可能设计法院大楼。如果客户搞不清楚公司是做什么的，他就不会选它。[3]

如果客户信赖市场，那么就会赞同这种观点。如果客户正在建一座体育场，他们会寻找一家有体育场建造经验的公司。建筑专业迫使它们的专业性日益加强——现在有专门建造体育馆、实验室或者学校等的公司。虽然这家公司可能不会把自己标榜为体育馆方面的"专家"，但它可以确切地表示自己经验丰富，与任何"正常"的建筑师相比它在体育馆设计方面更加专业。

这种市场演变过程提出了这样一个问题：建筑师应该知道的是什么？如何设计？或者如何进行需要专业知识的设计？

当人们需要建筑师设计某项工程，或者任何工程，他或者她可能具备众多技能。每位建筑师都掌握一些不同的技能，但我们大体可把它们分为三类。我们把第一类叫作"设计技能"——找不到更确切的术语。它包括所有实用技能之外的技能：我们所设计的美丽的精神层面的东西。设计技能不仅仅是只为满足一个项目干巴巴的需求，它超出了这种能力，我们可以暂时这么认为。丹尼尔•赫尔曼对"崇高"建筑的定义在这里发挥了它的作用。在脚注中，它是这样定义"崇高的建筑"的：

> 建筑话语由建筑学院、博物馆、杂志、图书出版商、馆长和批评家组成。它有自己的温床（*El Groquis*，CCA）和长期反复出现的论题(菲利普•约翰逊，AA)。它在设计图书馆或者书店中随处可见。这是信誉良好的建筑——已经得到公开发表。[4]

赫尔曼的定义存在问题——主要是因为它排除了公众以及客户。尽管它具有精英主义倾向，但这里它是一个讲得通的定义，可以满足我们的目的。

第二类技能由设计师应该掌握的技术知识构成——我们称之为"普通技术知识"。这种普通的技术知识是通过教育、训练和申请许可证这种标准化的程序获取的。比如，大概每一位设计师，不管他或者她设计的是什么，都会熟悉建筑代码和结构原理。

第三类可以称为"专门的技术知识"，它与特定的工程类型相关。比如，某些人工作舒适称心，靠着一种特定的工程类型，比如实验室存活下来。他们把自己标榜为实验室专家，并以这样的事实为根据：他们建造了多座实验室或者其工程质量非常棒。

虽然这些技能的结合并不是数学运算，但这种图解有助于我们的理解：

设计技能＋普通技术知识＋专门的技术知识＝完成的设计图

在过去30年左右的时间里，这一行业经历了类别的细分。在建筑师协会的鼓励与市场的推动下，我们创造了一种职业环境，在这样的环境中只做其中的两件事情，我们仍可能得到工作。有很多公司在市场中把自己称为纯设计公司——他们不会假装或者承认自己拥有某一工程类型方面的专业知识，但是他们向别人证明自己应该得到工作机会，因为他们的设计技能令人敬畏，他们所提供的专业知识超出了从事舒服称心的工作的专业人士。建筑师可以这样进行工作：

设计技能＋普通技术知识＝完成的设计图

想一下大都会（OMA）建筑事务所对西雅图公共图书馆的设计案例。大都会建筑事务所参加竞标，并不是以它在专业的图书馆设计方面20年的从业经验为基础，而是以自身的专家设计师为筹码。在这个过程中，他们挑战了人们对图书馆外形的传统理解，它甚至建议在图书馆内为无家可归者提供医院的房间——从而把传统理解中的麻烦事转化为设计的特征。

不幸的是，在这一方面大都会建筑事务所的事例更是一种例外，而非常规。更多的公司以自己掌握的普通技术知识或者专业技术知识为基础进行自我推销。调查一下任何公司的网址或者工作宣言，你将会被以下信息淹没："我们拥有××项注册专业"或者"我们按时且按照预算来提交项目"或者"我们拥有20多年的××设计经验"。建筑的专业性已经超过了其艺术性。客户希望自己的设计师是一名"专家"，不管他们设计的是什么。他们不会试着"再发明"图书馆，他们只是要按照传统的方式建造一座出色的图书馆而已。我们对这样的一家公司（称为×公司）描述如下：

普通技术知识＋专门的技术知识＝完成的设计图

这并不是说×公司不做"设计"；他们做，只是并不按照赫尔曼所定义的方式去做。

这样，两种截然不同的知识能够为一家公司的成功奠定基础。但是商业发展的历史并不认同大都会建筑事务或者×公司。术业有专攻的公司或者个人在历史上是占有一席之地的。通常他们拥有一定数量的成功案例，但不久就走向了衰亡。时尚变了，而其产品依然如故。他们的竞争者与模仿者追了上来，不久人们就很难理解他们究竟有什么特别之处。长盛不衰的公司能够创造宝贵的连锁技能与能力，很难被人复制。构建式房屋如果不盖上覆板就不会稳固，同样，只有一种组件的公司最终都会坍塌。

这种逻辑方法解释了为什么谷歌成为当代的巨头。谷歌作为一个搜索引擎出现于20世纪90年代。跟以前的搜索引擎相比，它产生了质的飞跃；与它的后来者相比，它通常会把与人们所搜索问题相关的结果弹出来。当它把业务扩展到其他相关的行业时，就成了巨头。它发展了群发邮件功能、谷歌地图，买入了博客和视频网站，它一直在努力"编录世界信息"。所有功能都相互关联，这使它的规划令人敬畏。如果我要找一家餐厅庆祝生日，就可以在谷歌上搜寻。谷歌地图可为我找到地址，指明方向。我可以录制欢庆场面，然后把录像贴到视频网站，并连接到我的博客，以便那些不能参加生日派对的朋友在事后分享。

苹果——无处不在的潮流与科技的象征——于2002年登场，这一年苹果公司亏损了。直到2003年，随着iTunes音乐软件的发布，它开始流行起来。为什么？因为史蒂夫•乔布斯对iTunes进行了设计，使它只能在苹果机上播放。正如前面所讨论的，iTunes对于消费者意义重大，并不仅仅因为它肯定比购买专辑要便宜，还因为它消除了购买B面歌曲可能会是非常平庸的专辑的风险。苹果播放器在吸引顾客；iTunes也在吸引顾客；但二者结合在一起就变成一股不可抗拒的强大力量，它空前占有了音乐下载分享市场的70%。[5]

这就是所有公司的战略基础：通过创造技能与关系的网络，你建立的商业或者工业模式让别人效仿起来非常困难。如果你只拥有一种技能，或者一系列易于分解的技能，那么你在竞争者与模仿者面前就很脆弱。关键就是这种交错编织。

这与建筑如何产生联系呢？从公司的层面来看，这样的历史鼓励我们使技能与作品多样化。但从职业范围讨论，它鼓励我们重新评价我们所认为的自身的宝贵之处。我们已经把自己分为"设计"公司、"缝隙"公司和"天才"公司等。根据基本的商业理论，当我们把不同的作品进行合成的时候，我们就创造了价值。就是说，最优秀的建筑师既要有设计技能、普通技术知识，又要有专业的技术知识。既有"天才"又有"缝隙"的公司对任何工程来说都是最佳选择，这些技能的结合使它们宝贵起来。从实用的立场来看，这很难想象——没有人会对一切精通，而且大部分的公司规模太小，不可能具备多种工程类型的设计能力。但是，我们应该认识到专业化也不一定就是件好事。一千家公司都在挑选缝隙专业的话，可能会给本行业造成不利影响。总之，如果从整个行业范围来看，"设计"或者"项目管理"是我们的技能系统，而它们具有同等的毁灭性。

我们所掌握的知识肯定是有局限性的。但是我们也可以想出新的设计方法以重释我们的专家角色。我们可以这样定义"专家"设计者：他不必对某种工程类型或者风格了如指掌，但他能够以专业水准来设计他所看不到的东西。

回忆一下盲人摸象的警世故事。六位盲人靠近大象，四处摸索，每个人都得出不同的结论。第一个人认为那是一堵墙。第二个人抓住了象牙，觉得那是矛。第三个人抓住了鼻子，觉得它是条蛇。第四个人认为大象是棵树。第五个人抓住了象耳朵，认为大象像扇子。最后的第六个人比较肯定地认为大象像绳子。故事让这些人看上去很愚蠢，但是很多方面人们却期待着建筑师去认识大象。建筑师的视野并不开阔，它受到了约束，但人们期望他们以此为起点对整个行业做出判断。

在建筑师的作品中，整个行业本身就是生命。我们出生的医院、养育我们的房屋、就读过的学校、工作过的办公室都由建筑师的作为或者不作为所构建和驱动。人们期待建筑师非常了解生活，了解客户生活中的细枝末节。人们希望医生了解人体，律师了解法律，但人们希望建筑师了解解剖学、生态学、工程学、历史、心理学、社会学，并且将所有这些应用到她的设计过程中。人们希望她是一名设计者、建筑者、经理、审美家，富有远见卓识，同时还是一名实干家。人们希望建筑师了解的内容是如此之多，近乎荒唐，因此，设计训练应注重培养建筑师掌握以负责的态度来解决问题的方法。

在设计过程中，"构筑"决定了什么是重要的，什么是不重要的；在设计过程中，什么事情值得你去了解？"构筑"是对此进行判断的一种行为。当你驱车走在路上时，眼睛与大脑正在迅速地消耗、处理、摒弃大量的信息，它通常本能地决定重要与不重要的事物。穿过十字路口的推着婴儿车的妇女是条重要的信息，而周围汽车的颜色就不是。在相对空荡的街头，汽车的颜色可能就是重要的信息，而在拥挤的高速流动的街上，大脑可能会滤除这条信息，而把注意力集中在车辆的邻近空间内。

眼睛与大脑进化得以这样的方式运转，从而成为它们的生存机制。发达的大脑意味着我们必须善于从不良信息以及紧急、致命的信息中过滤毫无价值的信息。

我们的设计过程也是以同样的方式进行的，但也许没有这么引人注目。面对设计问题的时候，我们可能会在工地、建筑项目、客户和周围的城市发现大量信息，设计者必须选择哪些信息需要回应，而哪些忽略掉就可以。

如果某一地点为18世纪著名的奴隶反抗地，而19世纪它成为了养鸡场，那么设计者这么做可能是为了纪念奴隶起义，或者是为了跟美国的种族意识、自由或者美国理想对话。设计过程中也许没有任何纪念死于农场的上百万的鸡的东西。我们觉得这样可以——设计者做出了选择，看样子是对的。他这样设计，把鸡的事情排除在外，但在当时的情况下，这是一个正确的决定。如果不是这样，看上去就会是肤浅并令人生厌的行为。

什么东西应该纳入设计的考虑范围，而什么东西不必纳入这一范围，在决定这个问题的时候，建筑师有很大的自由，这就是问题构建的困难所在。如果建筑师因缺乏某一方面的知识从而忽视它的存在，这也是允许的。拥有自由当然是一件幸事，但我们也已看到在最近的建筑史中它造成了一些令人不安的影响。人们利用这种自由把建筑讨论中极端的、紧急的人类问题排除出去。建构设计问题的趋势与权威看来是存在问题的——对一些信心不足或者骄傲自大的人来说。

还有更多的问题存在，但是看来它并没有产生什么引人注目的影响。建筑师仍然互相挑战，但其方式并无系统也不具备普遍性。对一种理念进行设计，以引人入胜的视觉效果和纯粹的推测为基础，而受到建筑界的赞美，也不是不可能的。因为建筑师可为自己也可为彼此设置难题，而通过讨论则可以除掉一部分怀疑心理。我们不懂并不意味着我们不进行设计。

想想众多建筑杂志中日益突出的一种想法：垂直农场。从理论上来说，垂直农场处理的是影响深远的大问题：大规模城市化、食品供应以及日益膨胀的城市人口供养困难的现象，而且，垂直农场谈到可持续发展的问题，这是一个渗透了当前城市/农村的二分法的问题。他们试图重新发现我们是如何分配土地与资源的。设计者竭力解释生态学、水文学、循环系统及其他优点。在所有复杂的思想和美丽的作品中，几乎没有关于对城市房地产金融的讨论。为什么？作为设计者，我们不想被这些世俗的想法所妨碍。处理这些问题只会限制我们的创造力。

复杂的金融分析是没有必要的；但我们需要常识。曼哈顿中心区办公区的平均年租飚到了大约每平方英尺60美元；而生长一棵玉米大约需要三平方英尺，从播种到收获需要8个月左右。对于一个垂直农场来说，要创造相当于正常办公区域的租金，农场主不得不以大约120美元/穗的价格出售玉米。很明显，即使在曼哈顿，农民也不会以每穗玉米120美元的价格出售。这种想法根本行不通。

　　这意味着建筑师应该停止对垂直农场的设计或者忽略垂直农场所探讨的其他问题吗？不。这只是表明，因为我们忽视了经济与金融问题，垂直农场只能继续存在于城市的幻想王国内，它不能成为解决城市问题的重要方案。通过把不方便的金融问题排除在外的问题构建工作，我们连讨论都避免了。有一天，可能真的有人设计了合理的垂直农场，它在生态与经济方面都行得通，但之所以能够做出这种设计，是因为他对这两个方面都进行了认真考察，而并非因为他青睐一个方面而忽略了另一个方面。

　　要了解所有一切是不可能的。我们不能想着同时成为设计专家、农业专家和金融专家。我们已经说明我们不必这么做。找到一种办法让我们在设计的时候不会有意识地排除不方便或者不愉快的因素，这是唯一需要我们去做的。设计的时候，我们不需要知道大象的真实本质——设计会把所有的六种可能呈现出来，这是设计可以运用的方式。

17 | 你是建筑师，对吗？

在各种各样的场景下，我多次听到这个问题。最难忘的一次是在新奥尔良下九区，那是卡特里娜飓风过后我正在帮忙建设一个社区设计工作室。我工作的办公室在一所教堂里，为开展重建工作，它已经出租。教区居民很少在此定居，这座建筑成了急救员指挥所，从而发挥了更大的作用。教堂转变成为社区活动中心，一部分为会议场所，一部分为捐助仓库，一部分为办公区，一部分为战情室，还有设计工作室——所有这些都在四堵墙围起的一个空间内。巧妙放置的家具和文件柜把活动中心分割成不同的功能区。教堂装有中央空调，但在暴风之后被小偷偷走了；一对窗式调节器为整个空间提供着服务，生活中幸亏有它。地面是水泥铺的，还有几件热心的下九区居民捐赠的家具，他们搬到山里去了。

教堂受到一些破坏，已经不太方便了，我自己偶尔也在需要的时候修修补补。这与我作为建筑师受到的训练毫无关联，但这是自我年轻时起就干的体力活：在这个门上装个五金件，在那里草坪剪剪草，其他需要我的地方也出出力。在干这些活的过程中，我发现自己稀里糊涂地损伤了"建筑师"的名号。

教堂的中心在慢慢复原，其中需要落实的一项工作就是安装电话系统。有人要求我安装。我正觉得困惑，我的一个同事——下九区的一名当地人打趣道，"对了，你是名建筑师，不是吗？"我不知道该如何跟他解释这并不属于建筑师的工作，而我也不想表现得自己派不上用场，所以就坐下来解决这个问题。

这并不是件特别复杂的事儿。四部电话，两根线。这个系统只需要让这四部电话同时可用就行，但说实话，生产商已经完成了一些必要的程序，另外还提供了相当不错的操作指南。

怀着骄傲、惊讶和懊恼的复杂情感，实际上我已经安装好了，这可能加强了长久以来人们——尽管只是有限的一部分人——对建筑师的误解。这件事让我产生了巨大的疑问：建筑师应如何定义？谁说建筑师不安装电话系统？谁是建筑师？在心里，我们有建筑师的一个名单——我们觉得他们是"建筑师"。建筑师意味着什么，对这一点的评判可能主要是由人们对建筑师所做工作的心理准则决定的。我们有自由为我们自己的身份，也是自己的责任下定义，这让我们觉得轻松也觉得沮丧。如果忽视了自己的责任，就会导致名分所蕴涵的意义丧失殆尽。

18 | 被指名的建筑师

作为一种扩大自主权的行为，我们必须重申自己的名字。为重申自己的名字，我们必须把重点放在我们唯一能做的事情上。医生之所以称为医生，是因为他们的工作范围是其独家领域，其他人都不能提出对医生名号的拥有权，因此这个名称就是他们专用的。

从法律上来说，"建筑师"是对其建筑活动进行过注册并拿到证件的人。这给予了他们享有建筑师名声的权力，但没有赋予他们对设计活动垄断的权力。要成为一名注册建筑师，一个人需要接受一定量的教育培训，需要在挂牌建筑师的监督下完成一定量的职业培训，并通过注册建筑师考试。整个过程至少需要八年。

但是，这一称谓被一些并不符合上述要求的个人滥用了。也许有的个人是合法的，这要看你问的是谁。没有挂牌的建筑师的确是能对建筑进行设计，只要他们的绘图上有注册建筑师的印章。没有挂牌的建筑师可能拥有更长时间的工作经验，比自己周围的人更有天分。但是，如果她的同伴拥有印章，那么只有其同伴的头衔是合法的。

在美国，以州为单位负责发放建筑师许可证。因此在一个州内合法的建筑师在另一个州内可能就不合法。很多项目现在聘用两类建筑师：设计建筑师和记录建筑师，使情况变得更加复杂。从广义上来说，设计建筑师负责原理图的构思：空间组织、材料、质量和结构等。记录建筑师负责管理大量的建筑文件，掌握建筑的法律手续，比如提供牌照、负责现场施工、办理保险等。实际上，建筑师设计职责的传统体系是由两种不同的公司分摊的，这两类公司以不同的方式进行组织——拥有本地知识的地方公司与国际公司合作，满足了人们不同的要求。从职业视角来看，只要记录建筑师持证或者投保等，谁是设计建筑师无关紧要。设计建筑师不需要成为传统意义上的建筑师。同样，记录建筑师也从原来的责任中解脱出来。

在公众中，对建筑师形成的错误理解可能是从媒体或者通信技术开始的。建筑师本身对它的称谓并没有明确的概念。像设计建筑师与记录建筑师之间的分化现象只会使建筑师定义方面的问题持久存在。伯纳德•屈米把这种分化称为"第三分裂"，并指出由于这是"一种历史演变，建筑师与控制当今建筑产品的力量越来越远"。[1]因此这种分化非常尴尬。

另一个大的裂缝产生于施工建筑师与"图纸"建筑师之间。这不是由即时媒体的发展造成的，但也许它的发展不可逆转地加剧了这种分裂。即时的全球媒体为建筑师提供了扩展视野的机会，使他们的视线超越了上述建筑师的施工工作。图像的制作、在全球范围内的传播、研究和修正只需要垒块砖的时间。这一简单的事实导致了一种新职业的出现：图纸建筑师。人们在使用这个术语的时候通常带有嘲弄的意味，但我只是用这个词来描述我们行业的一个层面，它让人在不提供建筑的职业服务或者不参与物理建筑世界的活动的前提下就可以取得非同小可的成功。在现代主义运动之前，"成功"的公司往往意味着它在几个方面都是成功的：商业上最成功的公司通常是在批评界得到最高评价的公司。它可能是规模最大的公司。规模大、力量强的公司如麦金·米德怀特事物所不仅商业水平高，而且在批评界拥有良好的口碑。

在当代，建筑业的运作方式却大不相同。大的建筑公司比如斯基德莫尔、奥因斯和美林或者荷尔莫斯（OMH）、欧巴塔和凯撒包姆（OK）就没有享受到弗兰克·盖里或者雷姆·库哈斯的媒体名人的显赫地位。要让大家觉得你很成功，不必非得成为一个规模巨大盈利很多的公司。甚至都没有必要去建立一个公司。

对于一名建筑师来说，施工建筑师与图纸建筑师之间的调解看上去可能是件平常的事情。因为这两个术语自身就具有主观性，因此分析它们之间的关系是很复杂的，但是我们可以做几条简单的评论。要在建筑上取得成功更加艰难，至少这种成功更为稀少，看到这点非常简单。进行开创性的设计或者建造开创性的建筑需要巧妙绝伦的构思，付出数年的艰辛劳动——互动、心血、汗水、眼泪。但是前者仅仅需要富有同情心的出版商或者陪审团来造就；后者也需要富有同情心的陪审团，但还需要数百万美元的资金、区域理事会、接受公众、适宜的天气等。

如果建筑是尖尖的职业金字塔系统，那么可以把图纸建筑师与施工建筑师视为不同的金字塔——一个比另一个更陡。图纸建筑师的金字塔陡峭，但施工建筑师的金字塔是真的非常陡峭。我们当然知道它们两个并没有完全脱离关系。它们并不是连续相继的关系（你不必先做某一方面再做另外的一个方面），它们也不是互相排斥的关系（你可以从业于两个领域）。但是，我们也凭经验得知二者可以分离。像雷姆·库哈斯这样的建筑师两个方面都很有成就   他出版的作品跟自己的建筑一样富有影响力，闻名遐迩。弗兰克·盖里主要因建筑而闻名，他的出版物相对较少。而利伯乌斯·伍茨专以自己的出版材料和建筑物的视觉概念而闻名。

这并不是什么复杂的事情。但有趣的是观察图纸建筑师与施工建筑师之间成功的不同影响。二者都遵循舍温·罗森称之为"巨星经济学"的机制。想必在所有行业中，你的地位越高，你就越成功，赚的钱也越多。但在巨星行业中，你越接近顶端，这种上升就越快。这一点把它与非巨星行业区分开来，比如视力测定专业与会计。如果在百名专业演员中，你排名第一，那么你可能会赚到百万美元；但是，如果你只是百名中的前十名，那么你赚的钱可能只够养活自己。而如果你是后面的50名的话，你可能得在餐厅端盘子过着入不敷出的日子。

鉴于建筑业的行业性质，从业者步入成功的速度或快或慢。但我们知道图纸建筑师与施工建筑师走向成功的速度不一样。从巨星经济学的角度来看，它们属于不同的职业。如果一名建筑师的这两个方面都势均力敌——即图纸建筑师和施工建筑师——她应该把精力集中在哪一方面？她可能会在图纸建筑师方面付出更多的精力，因为要想在这方面取得成功比较容易；或者她可能会在施工建筑师方面付出更多的精力，因为这样虽然比较困难，但会获得更多的经济报酬。她在两个方面同样努力也不是没有希望。

让我们考虑一下这样的情况：一名发展不平衡的建筑师，他发表了很多作品，拥有大量未付诸实践的作品体系。但他没有建成的作品。在施工建筑业内，用纯粹的经济术语来说，他并不成功。根据罗森的逻辑，要取得任一方面的成功，他不得不在施工建筑业内迅速攀登。这相当于一个社区高尔夫球场的球童正考虑着去美国高尔夫公开赛上露脸。如果他坚持走图纸建筑师的道路，他可以继续保持自己的成功地位。在任何工作单位中，他所拥有的成功机会都可靠得多。在图纸建筑师行业中，当然，他会继续苦心研究最富权威的设计竞赛，正如我们讨论过的，这是让自己在施工建筑业内腾跃的办法。从根本上看来，他的图纸建筑方面的成功越与施工建筑方面的成功相关联，他继续钻研图纸设计的动力就越大。

再举一个与之相反的事例，有位建筑师在施工建筑行业内极为成功。她早期的作品通过竞赛而获奖，这足以让她经常入围新项目的提名。那么她应该在"图纸"设计方面投入多少时间呢？一般来说，花在这方面的时间是很少的。一座建筑充分说明了她的实力，如果这方面的宣传做得很好，与工作室内未付诸实践的项目专题相比，这座建筑对于她的事业发展要有意义得多。她偶尔参加公开的国际竞赛，与理智的人仍然会偶尔购买乐透彩票一样，但是，实事求是地讲，积累工程作品并专注于那些入围的项目对于她来说是更理智的行为。这也是为什么名流建筑师在取得了建筑项目上的成就之后，发表的东西变得不多了的原因。当他们在图纸建筑领域内花费了数年甚至数十年的时候，一旦有了施工的实践活动，据罗森的巨星理论预测，他们将继续专注施工活动。

我们创造了两种看来会独立存在的职业。只要它们能够独立存在，我们对罗森的模式就很有信心：相对于另一领域来说，你在这方面做得越好，那么你留在这一领域就越合理。之间的差距越大，你就越会扩大这一差距。因此，不能说这位建筑师会走这条道路，而另外一位坚持的则是自己另外的道路，因为我们在二者中制造一英寸的差距，它就会导致一英尺的隔阂。

我们正在创造两种矛盾对立的职业。我们不能在二者之间进行选择。

我们认为这两种成功完全分属于不同的行业，可以看到它们之间的差距具有自我强化的功能。尽管一些建筑师通过不同的途径拥有了"成功"建筑师的光环，在两方面都有所建树，但实际上我们是逐渐削弱了建筑的根基。二者相分离比二者互团结更容易遭到抛弃。

这种分享、分裂与分离现象以及它们建立的基础，其模糊性开始在学术上表现出来。要在其他专业学科中教授授权课程，你不必成为一名专业人员（法律意义上的），但建筑学跟它们不一样。很难想象一名单科教师在法学院教授自己所擅长的法律，但在建筑学院这样的事情就会发生。实际上，研究生毕业后不具备任何从业经验而直接执教是可能的。从这种意义上来说，它更像一门学术学科，本科毕业后可以直接参与博士项目，直接任教。

很多人会惊讶地发现，20世纪建筑业内的几位巨星从未接受过正式的训练：勒•柯布西耶和贝伦斯读的都是艺术学校，弗兰克•劳埃德只读了两个学期（在职），安藤忠雄之前是一名卡车司机。

那些从事与建筑环境相关工作的个人也可以冠以建筑师的名号：那些对传统观念中的艺术进行写作、推理或者提出新观点的人。这一术语也有可以量化的方面，含有嘲弄或者赞美的意味，比如，"哦，那是名建筑师啊"或者"那家伙算不上什么建筑师，他只设计单排商业区。"

如何总结我们所了解的"建筑师"这一称谓呢？他接受的标准训练极少，如果不是从未接受过的话。他具备一些能力，并得到州政府的承认，除非她不打算走这条道路或者她恰巧在另一个州内。或者"建筑师"意味着他设计了一些东西并得以施工，除非他更倾向于图纸设计。最后，建筑师是那个拥有出色的设计能力的人，虽然"出色"是相对的、主观的一个术语。

看上去这包括了那些曾就读于建筑学院、拥有建筑类办公室的工作经验、进行过设计、对建筑进行过讨论或者写作的人。跟许多建筑师理解的一样，这种定义从专业角度来看，其尴尬在于它本身不再有任何具体含义。"建筑师"在现在的专业景观中只相当于一声"你好"。你不可能理解说话人的意思是什么，除非有当时的语境。

这种滥用却很少受到制裁和惩罚，这是个小小的奇迹。一名医生最起码应该具备一定的技能，接受过一定的训练，对此每个人都不会有疑意。如果你不具备这些而去做医生的话，就是一种犯罪行为。根据案件的具体情况，你可能会发现自己正走向监狱。但我们不能因为有人冒充建筑师而把他送进监狱，即使我们不认同这个词的意义。没有什么定义可以违背，因此看来就没有什么严重的犯罪行为。近来，英国的一家报纸这样报道：

曼斯菲尔德橡果国际建筑设计公司不属于建筑师注册管理局的注册用户，但他使用了"建筑师"的头衔，因此他侵犯了建筑师法，从而被勒令罚款7340英磅，创下了最高纪录。

曼斯菲尔德治安法院听到的内容如下：这家公司置警告于不顾，还在各种广告和网站上使用这样的称谓，从而被罚款5500英磅，勒令赔偿1840英磅。

建筑师注册管理局发言人说："7000多英磅，这是冒充建筑师之名的个人或者公司所受到最严厉的惩罚。这使人们更加相信建筑师注册管理局会非常坚定地保护"建筑师"的头衔，法庭也会惩罚那些有意误导公众的人。"[2]

这其中的差别不但明显而且可以量化。冒充医生：进监狱。冒充建筑师：罚款7000多英磅。很明显，这是就目前所估计的最严重的罚款。

但是，这并不是建筑师注册管理局或者其他具体哪个系统的过失。这是由一个事实造成的：你不可能惩罚自己不能定义的东西。如果我们把自称为建筑师但其身份并不符合法定标准的人送进监狱，却不知道为什么这么做，那么我们其中的一些最优秀的理论家将同我们最有前途的年轻的专业人员一起遭受牢狱之灾。本书的作者也会在圣昆汀狱内进行写作。幸运的是，大众对建筑师一词的困惑不清保护了我们免受可能出现的牢狱之灾。

我们建筑师最后一次对"建筑师"一词的含义以及它的活动达成轻度共识是在现代主义时期。20世纪前半叶，对建筑的议程、方法和审美方面其意见还是相对一致的。至少，线都是直的，角度也都正确。随着现代主义的衰落，人们对建筑的内涵以及建筑师的工作，众说纷纭。文图瑞在《建筑的复杂性与矛盾性》中再一次辩论了"建筑师"的头衔代表着什么。

对于众多的建筑师来说，现代主义运动结束于1972年3月16日，圣路易斯的普鲁特-埃够依的公共房屋设计工程开始遭到损毁。它竣工于1955年，之前饱受赞誉，是由山崎实（他将继续对世贸中心的双子塔进行设计）设计的，人们认为这座建筑群采用了崭新的富有创意的方法以解决城市中穷人的"问题"。城市中的穷人没有被塞入黑暗、扭曲的贫民窟，而是住进了由公园、绿树和希望环抱的塔中。

在10年的时间内，这座建筑群犯罪行为泛滥，并且走向了自然衰亡。到1968年，政府就要求居民撤离。

普鲁特-埃够依的故事并没有随着它的没落而终止。山崎实的原创设计号召把花园公寓和高层建筑结合起来，而不是最终设计中的千篇一律的塔。公共房屋管理局"逼迫"山崎实把工程项目的密度加倍，从每英亩30

个单元扩大到55个单元。[3]除了必不可少的收租的地方，其余的社区空间被取消了。在设计的过程中，因为预算的原因，像景观美化、上漆和混凝土砌块墙体以及对滚烫的蒸汽管的隔热这些"弥补"措施都被公共房屋管理局取消了。实际上这可以把工程灾难性的毁灭归咎于非建筑师的干涉。

　　然而，人们认为这是20世纪规模最大、程度最严重的一次失败。它成为忽略现代主义运动社会议程的挡箭牌。以1972年普鲁特-埃够依毁灭为代表的现代主义的失败，看来成为了行业内的一个心理转折点——从那一刻起，建筑不再把自身视为达到目的的手段，而开始将自身视为自身的终结。在普鲁特-埃够依之前，建筑在自己所专注的东西中得到外化。很明显，现代主义关注现代变革和乌托邦；更早期的建筑从不同的角度赞颂上帝、皇帝、国家、更广阔的文化或者著名战役。在20世纪早期，受技术与社会学迫切需求的推动，现代主义要求人们摒弃旧的东西，重新发掘。20世纪晚期，后现代主义和解构主义把弃旧扬新奉为典律，但是它们从之前推动建筑风格的广泛需求中脱离开来。库哈斯要求我们"用现实主义的手提钻把理想主义的柏油路粉碎，接受在此生长的一切。"[4]看来接下来的建筑必须得新颖，但是，我们不会采取任何措施来督导要发生的一切——我们将"接受一切"。除了这一发展中令人争议的道德标准，我相信在我们名号的土崩瓦解中这是最后一步。

　　很多建筑师都对建筑思想进化的方面进行过道德方面的描述。他们哀叹最近的发展，认为那是"唯我十年"的道德崩溃的症状。他们号召人们行动起来，呼吁建筑在这个世界中发挥更好的道德作用。对于他们的对手来说，"道德力量"只是建筑狂妄的一种象征——毫无疑问这么认为是失败的。人们不必去解决争端。除了道德问题，现在我们面对的是这一行业的生存能力，对此我们必须做出反应。建筑业必须发展——我们的名声危在旦夕，我们不能对此视若无睹或者接受它所意味着的结局。

很多建筑师已对此有所反应。甚至在大衰退的早期，评论专栏已经宣告和/或谴责名人建筑时代的终结。普遍流行并占支配地位的建筑哲学已经逐渐走向覆灭，而我们认为建筑师应该做些什么，到了大众力陈己见的时候了。国王已经辞世，必须命名新的君主。

接下来的建筑可能在形式与审美方面都有所不同，但我们有充分的理由相信，其形成规律与支配现代主义、后现代主义和解构主义等产生的规律一致。

八九十年代和新世纪在文化上都受着商业、名流、即时劝导和即时满足的支配，建筑也是如此。当文化从这种社会风尚中转移，建筑也会发生改变。并不是因为道德需求，而是因为建筑永远以微妙的方式反映*我们*，尽管这种反映对我们的形象有所贬损。

建筑一直都关注自身内在的东西，并不是因为名人建筑师产生的道德沦丧，而是因为我们的文化需要它这么做。同理，我们认为建筑的关注内容会转向外部的其他事物，并不是因为它应该这么做，而是因为它必须这么做。

第一步，我们必须讨回我们的名声。而讨回名声的第一步是对我们所做的事情制定更为具体的定义。但这是不够的。我们需要对自己所做的一切了解得更多。我们需要把我们所做的一切分离出来，正是这些使我们有别于其他职业——我们的技能不可复制、模仿或者被分开。一名建筑师要能成为一名项目经理，但一名项目经理却不必是一名建筑师。当我们找出只有我们自己才能解决的问题的时候，我们就与其他职业区别开来了。如果建筑师所做的一切只是一系列的处理工序，可由其他职业进行切分和复制，那么如果有人盗用我们的名号就不应感到惊讶。因此，我们唯一能做的是什么？

19 | 如何成为著名建筑师

跟百万美国同胞一样，我把卡特里娜飓风看作一种檄文。工作室的舒适让我摆脱很多事务，但这很难不让人觉得厌烦。然而，我也并不是没有打算参与进去的想法。

当卡特里娜飓风波及的真正范围和它所带来的悲惨情形向我们展开，我的另一个学年开始了。我正打算把东西扔进汽车，前往那里帮助人们摆脱困境，却发现这样一个残酷的事实：实际上，我在工作室里，并且我没有汽车。我看出来了，现在不是建筑师大展身手的时刻，不管怎么样，我所拥有的技能至少在几个月内不能为人们提供帮助。春季学期结束的时候我向南方前进了。行囊中除了笔记本电脑、一顶帐篷、一些喷雾杀虫剂之外，其他的东西很少，但与前几年相比，我对自己的方向更加确定。接下来的三个月是一场教育之旅。波斯湾的处女行值得好好写写，灾难对大自然所造成的破坏我难以充分表达，而那些以前默默无闻的人所表现出的英雄主义精神也让我难于言表。

这三个月里，一顶单人帐篷就是我的家。居住环境改变了自己对家、住所和建筑的理解，我不会再把空调当成理所当然的消费品。夏天的比洛西克城很热，其程度难以形容。另外，飓风拔出了大量的遮阴树，空气中灰尘弥漫。唯一没受打扰的就是蟋蟀了，它们唧啾作响，"人类，你们离开吧，这里不再是你们的场地了"，每次听到它们的叫声我都会驻足片刻。虽然可能是因为炎热的天气让它们发出唧唧的叫声。

现代生活中，我们往往理所当然地认为炎热是可以避免的。我生长在哥伦比亚，那里夏天非常炎热，但每家室内都装有空调，通常走进一户人家、电影院或者最近的地铁站就意味着缓解了炎热。比洛西克城在被飓风横扫之后，就没有空调了——这是对身体的一种调节。每天都汗流浃背，无论干什么。吃饭、洗澡、睡觉都在流汗。有一天我终于进了医院，并了解了一种理念：要度过难关，你整天都需要喝水，天天如此。帐篷白天的温度达到了140度（相当于60℃）。所幸的是白天我不在里面。到了晚上，温度降低到90～100度（32～38℃）。我枕着装满冰块的水袋睡觉。

尽管条件艰苦，但我内心轻松愉快。我觉得自己与建筑中最纯洁、最忠诚的一面相遇了。我把建筑作为住所、社区和一种活动来进行探索。我觉得最终还是理解了建筑应该做些什么。我觉得房屋是这样的——它安全，为人们提供保护，它宁静，为人们提供健康护理，它是公正社会的一种标志。

《纽约时报》对此有不同的解释。杂志刊登了斯蒂文•霍尔最新的文章：《柏森柏格和理查德•塔特尔动荡的房屋》。迈克尔•基梅尔曼清楚地列出了霍尔、塔特尔、柏森柏格的简要评述。霍尔描述了屋子中的睡眠情况："太阳自方山下升起，柔和的橙色光线照亮了你和房屋，温柔地把你唤醒。"塔特尔描绘了另一幅景象：

> 这个地方有一半的时候都不适宜居住。夏天太热冬天太冷。
> 他们用激光修正了脚印、厚板和现场，当嵌板到达之后，他们并
> 不进行安装——他们不得不用绳子将它们拉到一起，就像紧身内
> 衣那样。这并不是个聪明的选择。每个可恶的傻瓜都知道，这两
> 件事情不能分开来做。我尊重史蒂文，他是个艺术家。如果整个
> 建筑行业呈现自我发狂的状态，这不是他的错。

他补充道：

这是最伟大的发明，它使人类文明的实现成为可能，那就是填隙。

柏森柏格表现得更加仁爱，但仍有批评的意味：

> 我们想要预制建筑，而我们得到了建筑师富有创意的迭代预
> 制。但这并不环保，也不使用太阳能。其花费比预算超出了两
> 倍，这样的建筑是一个噩梦，它仍在继续。但它是真正的建筑，
> 可谓凤毛麟角，那美感只有艺术家能够给予。[1]

阅读这些东西对于一个非建筑师来说可能会觉得迷惑。花费60万美元建造了一所房子，却有一半的时间不适合居住，面对这样一个事实，一个人如何能够无动于衷呢？但这样的结果对于一名建筑师来说，可能会容易理解。就我个人来说，难住我的正是当时的背景。当我在比洛西克城的炎热天气中汗流浃背，试图为自己找到建筑的定义的时候，《纽约时报》为这个国家中的其他人做出了定义。它在《动荡的房屋》的显著位置，覆盖了整个封面。尽管基梅尔曼没有直截了当地批评，但他向人们透露了一种信息。建筑师的成功之道，无论过程如何，不会因为他建造了不能居住的房屋或者惹怒了房主而受到影响，这是显而易见的。这种不正常现象把人们

对建筑师已经贬低的期望加在我们身上,从而"剥夺或者预支了下几代建筑师的基本权力"[2]。

当我读到这篇文章的时候,我正在另一座教堂停车厂中一张破烂的塑料椅子里坐着,这座教堂已经转变成了救助中心,免费为人们提供居住供给方案。黄昏的时候,比洛西克城的热浪开始发威。你发自内心地期望凉快下来。但是,没有。高温在空气中徘徊了几个小时,像一场一直持续的糟糕约会。

我先前的经历为我建树了一种职业,它只在边缘徘徊,只有在香槟酒流溢的时候才是它兴旺繁荣之日——而我就是因此而败,这种想法抓住了我。我感觉我的继承权被剥夺,不仅因为所有建筑的高尚使命,还因为它的日常相关性。看着志愿者的人流完工而归,我在想我是不是错了。

我在酷暑中与最热忱最具有奉献精神的建筑师一起,我一边工作一边思考这个问题。我与可能永远都不会在《纽约时报》封面上露面的男人和女人一起工作。不管男人还是女人,他们都没有渴求发表声明,或者建筑"奇怪的金属物……看上去不像房子。"男人与女人只是渴望使用自己的技能来响应人类对基本服务的需求。夜晚,我枕着装满冰块的水袋入睡,我在想服务在建筑中是否占有一席之地——没有了服务建筑是否还有未来。

20 | 公民建筑师

没有服务建筑就没有未来。因此，也就没有现在。至少，只要这些建筑的尺寸和复杂性是法定的，在美国就只有建筑师能够设计建筑。对于很多种建筑的类型和尺寸来说，除非它们的绘图盖上了建筑师的印章，不然不可能得到建造许可。因此，建筑师在与一些工程相关的工作方面拥有政府保证的垄断权。大量的建筑环境都经过了建筑师之手，它们引起了大量的生态、经济和社会问题。因此，建筑师与我们国家存在的最严重的问题之间必然具有法定监管关系。由于与你谈论的建筑师或者项目不同，这种关系或者薄弱或者受到了忽略，但不管怎么样，它肯定是存在的。那些欣然接受这种关系的建筑师拥有了"公民建筑师"的头衔。但是，对这一术语的选择，忽视了建筑与社会、经济和生态之间的关系。因此，只有两类建筑师：公民建筑师与不合格的公民建筑师。

这一声明不像它第一次出现的时候那么大胆。想一下"公民"一词的常规含义：属于某国或者某团体的个人。在这种意义上，不是公民的情况只有几种：非法过来的外国人或战俘、外国居民或者游客。以上几种人中没有人看上去会承担建筑工作或者正当建筑师的职责。然而，仍有建筑师宣称公民建筑和人道主义事业不属于我们的职责。如果这些建筑师认为自己不是公民的话，他们会认为自己是什么呢？如果不是合格的公民，那么是不合格的公民吗？无行动能力的公民？这些说法是愚蠢的。

"徒手自卫者"塞缪尔·莫克比在奥本大学当教授期间推广了"公民建筑师"这一术语。当大部分人都朝行业内部张望的时候，他建立了广受赞扬的乡村工作室。当主流建筑试图在科技、形式可能性、文化变化的洪流中定义自我的时候，"徒手自卫者"让学生把注意力转移到亚拉巴马州农村地区穷人的住房问题上来。建筑业内的利他主义者已经失宠了，但农村地区穷人的问题仍在持续。

> 建筑师的形象发生了转变，从十字军战士和审美的清教徒转变为新潮的倡导者与媒体巨星。这种职业定义中的转变为整个的建筑机构带来了难以预料的后果。20世纪80年代，大部分学院不再提供普通住房工作室；绅士俱乐部、度假酒店、艺术博物馆、度假屋成为标准程式。在设计大奖与专业杂志的报道中，它们也具有优先权。建筑宣传与福利工作基本停滞。[1]

公民建筑师描述了一种道德思想；没有哪个机构能够对道德意味着什么给出定义，公民建筑基本上没有客观的基石。除了与建筑师、付费客户或者荷尔曼"高雅"建筑的追随者相关的问题之外，这里我们使用的"公民建筑师"一词主张用建筑来解决其他一些问题，这就是他们与当代盛行的建筑理论之间的主要区别。公民建筑师与20世纪早期出现的利他主义建筑也截然不同。"徒手自卫者"努力的目标并不是要用自上而下具有里程碑意义的方法来解决社会问题；他只要求学生与他们所服务的社区建立一种关系，并最终成为其中的一部分。

把这种关系称之为"重新发现"而不是"建立"更为准确。毕竟，我们从根本上是社区的一部分。同理，我们也是国家和地球的一部分。我们生来如此。面对这一身份，是尊重它还是否定它是我们唯一的选择。

跟很多年轻的建筑师一样，我涉足建筑是受了崇高的现代主义理想和偶像传记的诱惑。在我早期所接受的教育中，我把很多现代主义者奉为英雄。随着思想的发展，我越来越多的偶像从公民建筑的领域中出现了，相对来说，他们名不见经传。实际上，我是如此羡慕"徒手自卫者"他们，因而对他们的措辞总会稍觉失望。他们的大部分作品都视人道主义设计、乡村设计和公司建筑等为建筑对话的子集；他们认为这些问题应该引起我们的关注。我宁愿这些问题是建筑中的唯一议题。

这么说并不是要求每位建筑师都应该为社会改良（虽然这是一个想象中美好的世界）奉献终身。但是每位建筑师都应该时刻记住自己的选择中所包含的社会学意义。我相信一位设计了3亿美元博物馆的建筑师仍然还是一位公民建筑师，这并不是没有可能，只要他或者她意识到自己的努力工作还有更广泛的含义。如果人们给一位建筑师3亿的预算费用，让他建设一座博物馆，而他的设计最终要花费3.2亿，那么建筑师自己会问另外的2000万从哪里来吗？它来自博物馆对教育计划的预算吗？还是来自对藏品的预算？假设博物馆是由基金会资助建造的，而它还对其他项目进行资助，这多出来的2000万是否意味着大学的奖学金减少了呢？

公民建筑变得与一定规模的工程产生了关联——肯定不是5000万的博物馆。莫克比所传达的信息在他作品的视觉遗产中，在"搬到树林中去使

用回收的汽车挡风玻璃进行设计"的神话中遗失了。而这与莫克比所说的
话自相矛盾：

> 在创造建筑，最终是创造社区的过程中，只要现实世界的现状
> 由想象力所改变，而这种想象力既为穷人也为富人创造了和谐状态
> 的话，那么它所服务的经济与社会的类型对此就不会产生影响。[2]

公民建筑不必拘泥于客户、工程或者预算，只要记住自己所从事工作
的意义就行了。人们通常把公民建筑解读为一种对抗反应，它反对后现代
主义和解构主义运动中日益深化的虚无主义与犬儒主义思想。后现代主义
对建筑可能会与社会责任产生密切关系的趋势而深感不安。解构主义陶醉
于此，并利用这一自由权力开拓出新的形式目标。建筑学是个人为自己的
目的所进行的探索——尼采式的哲学建构支持解构主义强化这一思想。

这一思想把建筑视为可以共鸣的文化会所——一系列的重复练习，其
目标看来仅仅为了批判性地向前发展。可以说，建筑师之间关于建筑与文
化的讨论是以建筑物而不是以言语的形式进行的。从这种意义上来说，当
代建筑对此意识到的东西很少。这并不是因为无知或者无能，而是因为它
选择了不去认识这些东西。它有意识地选择了将以前人们对这个行业的阐
释边缘化了。

你很少能发现人们公开讨论公民建筑的道德基础。这显得庸俗乏味。
但是，为了证实公民建筑的真实性，我们必须问这样一个问题：公民建筑
与扩大自主权是否存在联系——作为一种职业，它是否使我们变得更加强
健？就像米勒博士看到需要保护生物教育中的进化论一样，建筑学中是否
存在一种迫切的职业需求以扶持和防卫公民建筑呢？

撇开宠物岩不说，一般情况下，我们通过做一些好事或者为人们提供

一些有用的服务来获取价值。它们举足轻重，必不可少。我们不会因为解决了自身的问题而被交口称赞。如果我要委托别人订做西服，它一定要非常合身，穿上去相当舒服，我才愿意花大价钱买下。但是，我不会为一件他穿着合身的西服而付给裁缝相当的报酬，因为这件衣服对我毫无用处。同理，我们必须记住，作为建筑师，我们着手解决的问题必须被建筑圈之外的至少一部分人认为这些问题的确存在；解决与建筑师之外的人的相关问题赋予了我们行业影响力。

关于建筑师职责的问题在20世纪的建筑辩论中迅速蔓延开来：人们希望建筑师为了人类的利益而付出多少劳动？有人可能会说，20世纪早期他们大部分的工作是由技术启发的利他主义所主宰。建筑要拯救世界，缓解每个贫民窟的窘态，从水泥与草地中画出一幅乌托邦的美图！对乌托邦所持有的信心随着普鲁特-埃够依的瓦解而崩塌了。

普鲁特-埃够依的瓦解并不是历史中的某个特定时刻，它也不是任何建筑理论中是非分明的一种失败，但它有助于我们理解这一工程的毁灭就是建筑学中乌托邦式的社会野心的终结。公民建筑的反对者提出我们疲惫了，失败了；建筑师应该坚持自己最拿手的东西。他们证实如果建筑学要繁荣发展就必须背弃全球的利他主义使命。

社会进步与人类有意识地构建自己的社交世界的能力看来现在已经名声扫地。宏伟的设计（以及宏伟的叙述）一无是处，它只是一种宏伟的假设和狂妄，它带来了致命的后果："致命的自负。"[3]

自1972年普鲁特-埃够依毁灭以来，建筑学是否得以繁荣发展只是个人趣味的问题。就当前的哲学阵营来看，我们的行业能否在未来繁荣发展才是最紧急的问题。

当低收入者的房屋或者贫民窟在地平线上日益发展起来，而建筑业集体认为它们不是正当的工作素材的话，那么建筑业还能够存活下去吗？

要回答这一问题，想一下一座健康的富有活力的城市：对于一名建筑师来说这里有无数的机会。市政工程、基础设施、房屋、学校、办公室等对于建筑来说都像是意欲起航的帆。如果城市的边缘出现了几处贫民窟，建筑师也许就能脱身了，"看，50年来我们努力解决这些问题，我们摸索着前进，很明显这并不是我们这一行应该处理的事情——留给规划者、政客或者社会工作者吧。"这种推理也许可以被人接受，特别是从城区正在崛起的新公寓内看不到贫民窟的时候。

但假设现在那些贫民窟正在发展。它们并不在边缘位置，而是慢慢向中心区发展。穷人的房屋一小片一小片地在各个地方纷纷涌现出来，越来越让人难以忽视。建筑师越来越不情愿面对这个问题，对此表现得无动于衷。尽管其初衷是善意的（诚然，这是一种不可靠的说法），在某种情况下，建筑师还是失去了资本。当世界上的其他人把注意力转向迫切需要解决的大问题的时候，他或者她看上去就只是一个审美家，只愿意在形式、光线和建构方面付出劳动。当野人出现在大门口的时候，建筑师就是仍在摆放花朵的那个人。

在上一辈人中，政客与建筑很难产生交集，但现在他们需要有关联了。实际上，领导与设计是同一种活动。二者都需要创造、表达以及保护远见——这是一种建议，能够带来比现在更美好的局面。跟政客一样，我们必须说服听众让他们相信我们的眼力比其他人的要高明。建筑内在的东西即是一个人对环境的意识。政客与建筑师有着相同的信誉需求：必须把二者联合起来。

我们可以肯定地宣称低收入者的住房、灾后房屋和贫民窟状况日益恶劣。同时，作为职业人，我们对这些东西的兴趣却减少了。从全球来看，问题正在加速恶化，其速度之快几乎不能量化。贫民窟与城市之间的界线模糊了。这些问题产生了更大的影响力，而建筑师拒绝处理，这使建筑业处于危险的境地。人们会越来越觉得我们冷漠无情、见利忘义。

建筑师是否应该一直考虑这些事宜，对此人们仍有争议。逃离这些问题也许是对正在改变着的社会与科技的一种必然的本能反应，也许不是。但是，我们要离这些问题多远呢？现在必须回来面对它们，不然就会有被诋毁的危险。

在回归到公民建筑的过程中，我们获得了双重利益：我们避开了人们对我们行业的诋毁，同时我们增大了自主权。我们赋予了自己权力，跟国王一样，我们展示了自己的才华。我们向世界表明，我们能够照顾好他们，我们能够帮助他们解决问题，而他们对我们的赞辞，我们将以多种形式的利益还给他们。我们赋予了自身权力，我们让自己成为必不可少的一分子。

跟米勒博士捍卫进化论一样，我们必须追求公民建筑，不是因为我们的道德天性，而是因为我们职业的个人利益。

21 | 如何使高尔夫球场"环保"

我没有太大的生态足迹。这并不是因为我是一名生态圣人。我喜欢认为自己是偶然成为环保主义者的。我不开车，因为我付不起保险或者保养费。我不会付很多水电费，因为我不怎么在家。我也没有很多家用电器，除了笔记本电脑和乔治•福尔曼烧烤机。为了偶尔付账的需要，或者拿到点儿额外的钱，我在克雷格斯利斯特网站上卖掉了大部分电器。我没有电视、手表和音响。我步行到各处去或者乘坐公共交通工具，因为我常常觉得自己的时间比钱多。我使用旧咖啡罐作为花瓶，因为花瓶易碎，而旧咖啡罐有一种吸引我的乡土气息。我发现当你没有钱的时候，你就不必做很多事情，你就不会有太大的足迹——生态足迹或者其他什么。失业让我环保起来。

要更加环保，只需做得更少——我不能摆脱这种想法。作为美国人，我们用的比我们需要的更多，这是我们建立起来的文化。住房比我们所需要的面积更大，吃的比我们应该摄入的更多，开车比我们应该开的时间更长，盖房比我们应该盖的更多，等等。就是这种消费成为我们的生态问题的根源。

因此，我们可以通过不活动来形成最好的影响。

做得更少，作为一种现象在卡特里娜之后的南部地区盛行起来。抓住我注意力的是"更少"。一切都跟飓风之前那样，只是人们做的比以前应该做的更少了。仍有汽车用品店，但没有销售的汽车了。还有家，但没有人居住了。仍然有高尔夫球场，但没有人打球了。仍有加油站，但不卖汽油了。但并不是所有这些地方都没有活动了——它们还附带着其他一些功能，偶尔会发生一些事情。

高尔夫球场返回到自然中去了。野生草和杂草竞相成为开放的草地。文明的唯一标志是开建的一座树屋，是志愿者在短暂的休息时间里建的。高尔夫球场变得简单而粗糙。

空旷的房屋基本成了制模实验室。但至少，它们鼓励着志愿服务事业，也许实际上这就是它们所发展的。加油站有个小市场，成为了当地的会议室。在旋风与灰尘中，人们谈论着谁看见谁在干什么。一切都是这么平凡的生活，除了当你觉得游泳池、沙滩、酒吧、社交的传统聚会地点供不应求的时候。加油站有很多树荫，有人在喝啤酒、聊天。

这是一个重要的设计问题。为执行一些地方的功能，达到服务的目的，设计者费了很多心思来折磨我们的物理环境。卡特里娜飓风之后，这一目的剥离出来，新的功能得以被动而自然地扩展开来。

这确实会为建筑带来令人不安的含义。从很多方面来说，最环保的建筑是我们尚未动工的建筑。从根本上说，当建筑环境回归自然，我们并不想置身局外。在自然环境的形成方面，我们希望获得帮助，我们并不愿意被动地处理这个事情。我们必须从事环保建筑，并坚信我们所做的一切比被动产生的结果更胜一筹。但我们必须让这种信念根植于诚实与开放之中——而不是假设和自负之内。我们必须为环境做最好的贡献，尽管偶尔这意味着什么都不做。

22 | 环保建筑师

跟公民建筑师一样，环保建筑师为建筑业帮助世界解决问题，或者至少为不再制造新的问题提供了一个机会。这并不仅仅是一种潮流或者建筑的一个边缘问题。它超出了技术适应的问题，也不仅仅是对新兴材料的欢迎。

环保建筑学在建筑理论中掀起了轩然大波。它对我们优先办理的事情提出了挑战。现在我们着眼的是全球性的紧急问题，而不是审视那些挑衅智力或者哲学的事情和问题。跟公民建筑一样，环保建筑也是只有我们能够做到的事情。

最广义的环保运动的起源可追溯到雷切尔·卡逊的《寂静的春天》，它出版于1962年，影响深远。在追述环保理论的发展过程中，有其他一些里程碑事件：1970年第一个地球日、1997年京都议定书，等等。至于建筑师具体是从什么时候开始关注这些事情的，人们争议很大。建筑师在定义"设计"的时候就存在很多问题，他们发现要定义"环保设计"就更加困难。

因此，一个完整的定义是很难找到的，至少在本书区区几页中是这样。为理解环保建筑与建筑的自主权有什么关系，至少要定义一下什么不是环保建筑，这样做是明智的。

1989年，联合国布伦特兰委员会的宣言是最广为接受的可持续发展的概念，它是这么说的："〔在满足〕目前需求的前提下，不危害子孙后代满足自身需求的能力。"

根据联合国的说法，可持续发展是有关需求满足方面的事情。我们相信一座"环保"建筑既能满足当下的需求，又不损害未来的需求。然而，是谁的需求呢？客户的？建筑师的？大众的？还是生活在为我们提供地板材料的森林里的猫头鹰的？有的建筑师可能会说"都是"。但事实是，大多数情况下，总有人的需求是第一位的。总有人受到不公平的待遇，这要看你的建筑师和客户是谁。

也许看看布伦特兰委员会具体说了些什么会更加简单："……不危害未来的能力……"委员会没有就满足子孙后代的需求而做声明；它没有具体说储藏干净的空气或者水或其他具体什么东西。它甚至没有对子孙后代是否有能力满足自身需求而表达自己的立场。它只是宣称我们的行事方式不应该妨碍他们这么做。

为了用建筑术语来理解，我们可以推测"可持续发展"意味着我们的设计不会在将来损害三方的利益：未来建筑师、客户以及整个社区。

从直觉判断，这是正确的。我们从来都没有有意识地设计一座三年之内就会土崩瓦解的建筑。我们知道，不管三年之后我们在做什么，也不管世界会把我们带向何方，建筑依然屹立在那里，并且可能不会对我们产生不利影响。当然，建筑能够维持尽可能长的时间对我们的客户也有利。同理，我们也不会设计一座在剪彩那天雄伟壮丽，但其美感会渐渐凋零的建筑。建筑师会认真考虑材料的老化情况——如果铜锈与建筑物相般配，那么建筑师会选择使用铜，因为他们知道铜很快就能上锈。设计者会避开未经处理的混凝土，因为他或者她知道它的斑污会破坏精心制作的图像。因此，从技术上来说，我们不希望设计玷污自己未来的名声。

从美学方面来说，我们面临同样的问题。出于批判或者知识上的好奇，设计者可能会使用改良的新材料；也许是因为新发明的材料会带来新的结果。不管怎么样，它能使建筑师得以成功地发展。当我们回忆起那名设计师的时候，我们会说，"真是鲁莽大胆！瞧他干的！"勒•柯布西耶以及他使用的白涂料、盖里和他采用的勾花网为几代人所不容，但他们都因冒险的选择而扬名。在我们的记忆中，他们是第一个选择使用这些东西的人。形式的选择也很容易被超越。不管怎么样，把建筑建成海马的样子不会让人们直接与未来几代建筑师联系起来。

客户的未来与建筑的联系就更加简单。设计师对某种设计方案的选择完全不会给未来几代设计者造成负担，但是客户的后人、邻居或者大众就会继续受到它的影响，直到建筑物瓦解。如果一所学校的设计中自然采光很差，那么学校所在的地区会因为建筑的存在而增加额外的能源消耗成本。在此就读的每一代人都会受到相似的影响。生活在这一地区的每位纳税人都会受到影响。设计者的选择与现实的每个方面都产生了联系。

环保建筑与公民建筑之间的相似性开始出现了。它们都需要设计者提高意识。它们都要求设计者对自己的设计带给客户和社区的影响担负起责任，不是短期负责而是永远负责。使建筑成为客户和社会大众源源不断的价值的源泉，直到遥远的未来——我们必须这样进行设计。

　　说起来容易做起来难，因为这一职业目前的组织机制与这种长远思考背道而驰。建筑师因其创新能力而获得报酬——因其背离业已成形的可行的东西而获得报酬。任何一位著名的建筑师其成就的取得都遵照这样的原则，具体来说就是从现有的对话中实现转变。而且，这种地位会在某个时刻得到评价和保障；未来几代人的反应往往不会控制人们对建筑作品的评价。我们可能会认为有50年历史的建筑丑陋过气，但仍会赞美其设计者，因为在当时这是标新立异之作。

　　很明显，问题出现了：如果一名设计师的设计在当时外形新颖、美观时尚，那么，当潮流不再，下一代人会怎么处理它？业主能留住的是什么？这座过时的建筑相对于这个城市就跟一个人戴着心情戒指那么难堪吧？如果这座建筑是一个人的家庭住址，那么他会选择转售吗？因为这座建筑所迎合的风尚已经过时，所以没有人愿意去购买它，房主的资产因此就受到削减了吗？现在的情形比以往任何时候都令人迷惑。对大部分的人类历史来说，建筑中的历史主义势力保证了建筑师执行参照过去的基本职责，这样一些措施的连续性就在一代又一代的人之间得到了保障。在这样一个每代人都想脱离过去的时代中，当我们唯一确定的就是我们的子孙后代会积极努力地跟我们区别开来的时候，我们如何保证能够考虑到子孙后代的需要呢？

　　试着淡化"现在"，而不必努力破译"以后"，也许这么说就足够了。建筑不应该屈服于一闪即逝的时尚，也不应由昙花一现的思想火花来激发自己的想法；像丹尼尔•里伯斯金所说的（嘲讽）："当我们讨论可持续发展的时候，我们应该视之为一种名符其实的事物，而不是一种时尚或者技术上的花招。"[1]

　　我们设计的建筑不应该反映唯我十年，或者*任何*什么十年，因为我们希望自己的建筑在下一个十年仍具有意义，仍被人们所使用。我们希望将来人们仍然使用它们，而不是让它们站在那里作为我们某一时刻的文化标志。

　　环保建筑看来适合于保守主义：实现目标最安全的途径就是坚持可行的方案，建造普遍耐用的建筑。这种古板的设计方法存在问题，原因有两点：

- 它与我们行业中的功名机制背道而驰；
- 它与科技的发展南辕北辙。

　　就第一点来看，我们必须找到方法使个人与行业的成功机制相融合。正如我所说的，很久很久以来，我们就相信少数个体的成功必然转化到强大健康的行业中去。但大衰退的余波表明这并不正确。当大众理解了可持续发展是所有建筑的核心价值，而且建筑师也在这场危机中认真对待自己的角色的时候，我们所有人都会获益。如果公众怀疑我们只是把可持续性当成一种噱头，以此来充实自己的作品，与新技术扯上关系的话，这是可以理解的。比起标新立异，做一些正确的事情更值得赞美，我们必须这样考虑建筑。总是有人号召我们用新的方法做事——时间的转移和技术要求我们这么做——但我们必须放弃只是因为其新颖就采纳它的想法。只有这样我们才能展开一场真正的关于可持续性的讨论。

　　从第二点来看，想一下一种简单的技术就可以解决这种矛盾：USB拇指驱动器。大学毕业后几年我就有了第一个驱动器，它内存为128MB，花了大约100美元。我记不清多年以来所有的USB驱动器，但我的确知道它们的内存稳定上升了。按每个内存字节来算，它们越来越便宜。我现在的驱动器（至少有18个月了）内存为2GB，大约30美元。

　　什么时候我会决定换掉它呢？我想有两个因素：技术的进步和价格的

下跌。如果我想买内存最大最先进的驱动器的话，我应该知道它最先进的状态只会保持很短的时间。技术的曲线正在加速前进，它让购买成为一种"下车"行为。拇指驱动器的内存会继续扩大，但你所拥有的USB的内存自从你购买它的那天起就不会变化了。因此，最先进的技术与你所拥有的东西之间的"高科技的差距"正在扩大。

技术发展导致成本的下降对我来说也是替换产品的一种动力。买了一件新产品，却眼睁睁看着它的价格在短短一个月内不断下跌，我们都有这种心痛的经历。如果一年以前我花了30美元买了一个2GB的驱动器，而现在15美元就可以买到4GB的产品，即使旧产品的状况依然良好，我们还是有令人信服的理由以新产品取而代之。

因为"高科技的差距"一直在增大，而价格一直在下跌，因此它们之间总有明显的交叉点，这可以计算得出。在这一个点上，买个新的拇指驱动器比坚持用上一个更加理智。最终，科技本身总是要求更新。

这是一个极为简单的例子。我们购买（替换）的决定从来都不仅仅是一个成本和技术的问题，它与时尚、市场的外部性、消费物价指数等因素有关。但是，这一事例充分说明对最先进科技的追求是如何鼓励我们替代已有财产的，其速度超越了我们可持续发展的步伐。

因此，人们很容易错置绿色科技的信念。我们可以设计一座高性能的建筑，它代表了当前最先进的科技，但我们不得不承认科技本身也会迅速丧失它最先进的地位从而失去自身的价值。高性能的建筑与艺术的境界之间的分歧越大，替换原有建筑的压力就越大。

这种现象表明"环保"的信念，更确切地来说，是以被动的技术为基础的。从现在起，太阳可能会沿着相同的弧线转100年，而风向也基本上不变。利用太阳和风力的技术保证了我们的设计决定所带给人们的利益能长久持续下去，而不会被经济和技术现象瓦解。

罗斯金认为"我们不能在一座建筑的鼎盛时期对它进行考虑，要等到500年以后再说。"[2] 在他那个时代，这种方法也许行得通。时代变化得要慢得多。那么长时间可能只是一厢情愿的事，特别是当我们把技术加速发展的上述情况考虑在内的时候。确实，除非我们是眼下或者未来的历史学家，不然是不可能持有这种远见的。但在一些决定中，我们可以留出一些余地，以便后人也做出富有成效的决定。有些建筑的服务期结束了，但有些材料可以再次利用，我们的设计可以考虑使用这些。我们应该围绕经得起时间考验的思想和事件进行设计，而不是短期的文化现象。"在广告或即时劝导的心理策略中，建筑转化为形象产品，与存在主义的真情实感相分离。"[3] 我们的设计不应如此，而应该以"现实的外形与空间经验"为基础。

我们可以设计长盛不衰的建筑，而不是默认它30年的使用寿命。首先，我们要培养起一种建筑如何影响未来的意识——在建筑与生态两个方面。我们可以通过科技提高建筑物的使用寿命。

23 | 妓女与建筑师的区别

如果你是一个成长于80年代的哥伦比亚特区的孩子，那么有很多地方你都不能去。其中一个地方大人是不会让你去的——晚上是真的不会让你去，那就是第14街。因为晚上的第14街是妓女去的地方。作为一个孩子，我几乎不明白妓女是什么，她有什么不对的地方，而我也确实没有跟妓女打过交道。但我很清楚要远离第14街。大约在80年代末和90年代初的时候，这条街肃清了。这条街的清理大致与两件事情巧合：一是我的青春期，我开始意识到这个世界上是有女孩存在的事实；二是我开始与市场经济有了第一次短暂接触。我开始干一点儿小活，有点儿现金流。也许这只是这些事件的偶然错位。这也会随着这个城市的大"肃清"而按时间顺序排列起来，也许这只是一种"下层住宅高档化"现象，这要看你怎么理解。不管怎么样，可以说第14街的妓女长廊繁华落尽，走向衰亡。

多年以后我遇到当地一位历史学家，他承认了一种理论。我不确定这一理论与我听过的其他理论相比是否更加合理，但它听上去引人入胜，因此对我来说它比那些平庸的经济解释要有趣得多。他的理论中有冷战、间谍、窃听、妓女、腐败，可能还有一些内容我已经忘记了。他的理论是：第14街受到中央情报局的保护。这个行政区是国际政治的中心，政治家、显贵、讲演者、国家首脑络绎不绝。这些人几乎全是男性，并且富有。可以这么说，当他们来到这里，远离了自己的国家、妻子、当地媒体，他们就会纵情于这一当地特色。冷战期间，这里充斥着伟大的间谍活动。中央情报局不得不在妓女出没的妓院和汽车旅馆内进行窃听，这实际上等于掌握了整个国际社会。

如果妓女都进了监狱，那么嫖客就无处可去。这些人可能会待在大使馆完成工作。所以让妓女忙碌地自由工作关乎中央情报局的利益。据我朋友所说，为了国家的安全利益，中央情报局要倚仗当地警察放妓女一马。

冷战结束之后，妓女业就衰退了。中央情报局撤出了自己的保护措施，娼妓问题逐渐被地方法律根除。现在第14街上屹立着一家百思买和塔吉特。

妓女是世界上最古老的职业。每座城市、每种文化和每个时代中都有它的影子。从经济方面来看，它无处不在的状态证明了自身的有用性。想必它对这些客户一直是有所帮助的，但在其他情形下，有了外部条件的参与，它才能发挥自身的作用，这是显而易见的。就第14街来说，它保护了国家安全。在某些情况下，它真的能够发挥作用，因此我们看到这一职业迅猛发展起来。建筑师可从中吸取经验教训。

24 | 清醒的建筑师（或者走进酒吧的医生、律师和建筑师）

一名建筑师、一名律师和一名医生走进酒吧。医生侧身站起来来到吧台说："我没有钱，但我愿意给你做一次免费体检，以换取一品脱麦芽啤酒。"调酒师挠了挠头，思考片刻，觉得这是一笔好生意，就给了他一品脱。律师也没有钱，但表示可以为调酒师起诉某个人。调酒师咯咯笑了，说作为一名调酒师，他敌人很少。但他年老的母亲需要准备一份遗嘱，所以他愿意以一品脱麦芽啤酒来交换这一法律服务项目。律师觉得这也不错，就同意了。

建筑师听到这些之后，主动提出他可以为调酒师设计一座房屋，以此来换一品脱更便宜的麦芽啤酒。调酒师盯着建筑师看了一分钟，试图弄明白建筑师是不是在说真的。意识到建筑师没有在开玩笑之后，调酒师难为情地承认他不需要房屋设计，他已经有了。建筑师看着他的朋友享受着美酒，就改变了条件："我会重新设计一下你的酒吧，以此来换一杯啤酒。"调酒师再次挠了挠头回答道："这酒吧没什么不好。它这个样子已经保持

30年了，每个人都喜欢它。它令人放心。"建筑师变得越来越沮丧，他说自己能够把它设计得更好——它将变得更加安全、干净、现代，更能引发人的兴趣。它不再是一堆烂木头和脏兮兮的金属了，它将由现代的环保材料建成，这些材料会衍生出一些意义，引人发问。

调酒师开始觉得迷惑，但更觉得好笑，他解释说建筑师想要改变的一切恰恰正是*吸引*顾客的东西。他们喜欢这里的装饰一成不变——这给你稳定和连贯的感觉。他解释说自己的顾客年复一年地光顾这里——他们结婚、离婚、被炒、升职——他们来到这里庆祝胜利或者借酒浇愁。他们来到朋友中间寻求小小的安慰，而不是迎接一位建筑师在材料的选择方面所引发的后现代主义的问题。

现在建筑师觉得调酒师是个乡巴佬，试图做出另外的解释。医生给你做体检，可能最多花费200美元，律师起草遗嘱最多值400美元，他们两个因此都得到一杯啤酒。建筑师洋洋自得地说设计一座房子或者重新设计酒吧——一项专业的服务会花费上万美元——真不能相信这些服务却抵不上一杯该死的啤酒。

调酒师向他道了歉，但再次提醒他这些都不是他所需要的服务。对他来说，这些服务可不值几千美元。建筑师不能说服他这些服务是有价值的。他觉得口渴。

我们所有人都必须知道我们行业的价值在哪里，谁需要它，它为什么是宝贵的。不是每个人都需要我们的服务；毕竟"比起妓女会雇佣建筑师来说，后者更有可能雇佣前者。"[1]但更多的人将从我们的服务中获益，因此我们的行业会壮大。

现代主义所做的结论是每一个人都需要我们的服务，即使在人们不想要这些服务的时候；解构主义者认为我们没有义务为每个人或每样东西提供服务，除了建筑本身。现在看来这两种观点同样存在缺点。在大衰退期间，我们必须从建筑师的立场中走出来谈论建筑。我们必须偶尔以外行人的眼光来打量建筑，来理解它的地位以及人们是如何评价它的。在这一过程当中你不必贬低或侮辱自己；我们只是把自己人性化了。虽然我们是解决问题的能手，但我们必须知道设计不能解决所有的问题，并不能让它成为我们放弃解决问题能手这一角色的借口。

　　无数个在工作室奋斗的深夜，德波顿的结论"有时候，最高贵的建筑也不如一场午后小睡或一片阿斯匹林"[2]回响在我耳边。在新奥尔良和密西西比海岸服务期间，那里漫长的一天中我汗流浃背，心情沮丧，比起看到建筑物拔地而起，我对午睡以及阿斯匹林的兴趣要深厚得多。

　　作为一名职业建筑师，要坦白这一点并不容易。我们自己告诉自己建筑是多么重要多么宏伟而硕果累累。建筑可能并不是那么有价值——我们很少面对这种可怕的想法，因为我们从来没有向持有这种观点的人提出挑战。我们与建筑学的其他粉丝混在一起。那些不是粉丝的人——他们看不到设计中的价值——被我们一挥手赶走了。在临床意义上，我们成了孤芳自赏的职业人。我们的集体倾向成为判断正误的唯一裁判。*我们建造了建筑*，这一事实成为我们为自己行业的正确性进行辩护的理由。凭借伟大的设计方案我们成为伟大的设计师，当别人问我们是怎么知道自己的设计就是伟大的设计的时候，答案很简单：*因为我们是伟大的设计师*。

　　我们的同事热爱自己的作品，客户也偶尔会这样，这一事实确定了我们的地位。我试着证明这一论断的论据不足。每一个人都有、永远都将有成功的潜质，但作为一种行业，它能否成功却不甚明朗。充分的证据表明我们已经严重边缘化了——还会更加边缘化。这个社会是否会允许我们继续放纵自己，这值得怀疑。当然，面对全球气候变化、紧急的大规模城市化以及经济衰退，这个世界不会对一个职业的沉思产生兴趣，它在理论上遥不可及，在道德上保持沉默。这个世界需要*国王*——不会再容忍*巫师*。

25 | 后记：五金店里寻找爱

当我努力为本书收尾时，我书桌上方的天花板开始开裂——这确实不是一些事件耀眼的转折点。最后的几页是我蜷缩在圣路易斯转租的小屋里写成的，那是我半年以来的第三处住所。我和同伴在夏季转租屋中发现了它，看来这里对于躲开人群并找份工作是个合适的地方。在搬进来之后，我们才得知，房租之所以这么便宜，是因为这里人口密集，是心理有障碍的成人之家，我们发现邻居情绪稍有些激动，但不会造成什么伤害，他们没有其他工作，只是在楼道里不停地挥着手来回走动。我想，房租之所以这么便宜，是因为住在这么一个塞满不健全人的拥挤空间中，对大多数人来说都会觉得不舒服，但就我个人来说，这令人安慰。我的邻居总是挥着手，微笑着，问我今天过得怎么样。我从来都没有好消息带给他们，但这从来都不会让他们情绪低落或者压制他们好奇的天性。我把他们看成我的啦啦队成员。

但是，他们对我开裂的天花板却帮不上什么忙。我并没有刻意去想，就马上明白了，这是因为我们上方从AC单元的窗户经过的排水管被撞裂了，或者它没有得到正确地使用所造成的。按理说水应该流到外面去，但它流到墙洞里了，然后到了地板上，穿过灰泥最后滴到我桌子上了。我盯着天花板上的污渍泅大了，就像一块淤青在一天之中越扩越大。不幸的是，我们不能打电话给房东让他修补。我们住在这里几乎不合法——前面的房客搬走了，并让我们住进来，却没有告知房东。我们从来都不知道房东是否允许前面的房客把地方转租给我们。让房东过来就等于打开了一窝爬虫，我们就不得不解释前面的人为什么搬走，为什么现在我们两个住在这里，还带着两只猫和一只鸟。

所以，我没有给房东打电话。也没有修补裂缝。我们有三口锅，我拿出其中的两个放在桌子上接住水滴，继续回去写作。滴答声持续稳定，它陪伴我理出思路，这是我的个人声明，内容涉及经济危机及其他对建筑所产生的影响。

在某种意义上，滴水的天花板与我遇到曲折迂回之路一样，都有些机缘巧合的意味。但这里有个问题——它很简单——我知道怎么去解决，但是因为一系列不太幸运的事情发生了，我却无力解决。跟我不能进行建筑方面的实践一样，我也不能修补这个裂缝。

当我还是个孩子的时候，父亲就教过我如何修补屋顶上的裂缝。每次他干这个活的时候，我都是一样的反应："爸……爸……，我们就不能找个修补工人吗？"答案永远都是不能；他属于那一代人。他在农场中长大，尽管接受了十年的高等教育，每次房子有问题的时候，他都本能地去找工具箱，而不是电话。被强行拖入房屋的修补工作中，在我的孩提时代是司空见惯的，那是痛苦的经历，然而也是当你回忆的时候，让你恋恋不舍的一个部分。这种经历教会了用双手劳动——这种手工活每个建筑师都需要会做；也教给了我一点建筑科学。而且，经过五金店的时候，我发现了人们对建筑的尊敬。

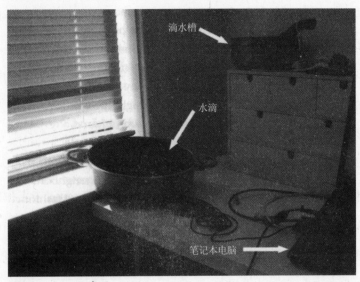

图25.1　即兴建筑

五金店是19世纪的排屋，那是当时那个街区最具代表性的设计与建筑。入口通道铺着小小的造型复杂的磁砖——连续不断的波纹状，由贫穷而富有天分的欧洲工艺人所铺，他们在整个19世纪成群结队地移民到这里，带着自己的工艺传统。店面是铜装饰的，带着华丽的波纹，像庙宇或者神秘拱顶的入口，大门很重，爸爸不得不为我打开。楼梯上有厚重的圈状扶手，在我年幼的手中，它们像蟒蛇一样粗壮狂野。爸爸忙着买些当天工程需要的装饰小玩意儿或者链轮齿，我相对自由，在店里走动，沉溺于小孩子的幻想之中。我还小，带着丰富的想象力我觉得自由，知道得也不少，足以自我表达那些幻想。我把自己想象成海盗，正嬉戏于隐蔽的堡垒中。或者一名骑士，正在一座壮观的城堡中在当下尚不为人知的房间里探险。多年以后，我发现自己在学校里为了重新发掘当年的创造力而花费了数万美元，而这些能力在当时来得却是那么自然。这种四处蔓延不曾受到挑战的天性活泼迅猛地发展起来，在简单的画布上画下了整个世界。这时，我拥有的并不是一块简单的画布——我有的是全景的画卷，我的想象力得以协调地铺陈开来。

当时我对建筑一无所知，但五金店的装饰细节及其富足却成为小孩子想象力的沃土。去往那里就是一件庄严的事情，落满灰尘的破旧皮盖给箱子里的东西增添了一种厚重感，即使里面的东西平庸无奇。

多年以后，在我的论文写作学期的一个深夜，我跑去家得宝找一些模型的材料，我要建的模型在当时看来俨然是头等大事。沉浸于工作室文化中夜以继日的状态中，晃眼的荧光灯并未让我觉得不适。那段时间里，我一直双眼通红，咖啡杯里的圈痕也从未断过。不分昼夜；对我来说，夜晚与白天没有区别。在哪个角落并不重要，只要在工作室就行。更让我惊慌的是，整个的环境与我看上去是那么和谐——我，30岁出头，营养不良，形似僵尸，晚上9:30去买铜丝，这并不让我觉得惊恐。事实上，家得宝仿佛就是为满足我的种种需求而建的。我并未因此觉得舒适称心，我突然觉得无所适从——我的日程、饮食以及优先考虑的各事项看上去已经失常——周围的"建筑"在我脑中叭地一声脆响，如同我那颗破裂的牙齿。几十年过去了，现在我与五金店也有1500英里的距离，但一种想法突然攫住了我：如果我有了孩子，带着他们去五金店的话，他们不会像我那样去感受建筑了。他们会体验着家得宝的一切。我想，这就是我撰写此书的最终目的——因为我不希望自己的孩子要想体验一下什么叫建筑，就得去博物馆，我不希望他们在这样的世界中长大。

我希望他们在自己的建筑环境中找到富足，找到想象力。我希望他们每一天都能发现美：在每一处简单的细节装饰与诚实的劳动中。而我觉得他们是不会在家得宝中发现这些的。他们只会看到20英尺高的过道——是按商业需求而非人体尺寸来设计的。他们会看到消过毒的VCT地板，刺眼的荧光灯，特别是在晚上9:30的时候，它更多地是把你身上的斑点暴露出来，而并非你的想象力。他们会看到让人难受的橙色——安全的颜色。

我的孩子们在这事上没有发言权，因为家得宝已经成为大家的五金店了。20年来，它从乡下或者郊区的实验中崛起，并成为存活下来的唯一一家五金店。同样，百斯麦也是这样代替地方电子商店的。预制房屋取代了手工，我在研究院的时候，沃尔格林以18个小时建一座新店的速度取代了当地的药店。这都是些经济方面的变化。它们发生了，因为我们生活在一个价值社会中——那些花费最少却贡献最大的商店繁荣起来，而其他的就此衰亡。

建筑在过去30年里几乎没有挑战这种状况。充其量，它只是在这场转变中充当了带有批判眼光的观察员的角色，并没有引导整个航程。当然有异议者，我已在本书中例举。但是，成为人们咖啡桌上议题的是厚厚的专著，而并非这忧郁的预测。大部分有关建筑的口头讨论是以形式、程序、构造学及其材料为中心的。但市场回答了这些问题，响亮而愤怒，至少在五金店这方面是这样。建筑正拿一些复杂的问题向自己发问，市场只是以一种极为简单的办法来应对并向前发展。

肯定会有人争辩说这算不上什么重大的进步。"真正的"建筑与五金店无关，其他工程将为实验与发展提供更加肥沃的土地。我的内心却回到米勒博士和他哈佛大学的学生那里去了，我在心里问自己这种进步会产生什么样的结果。人们并不关心五金店里的建筑，他们关心的是买包钉子节省0.25美元的机会，这就是我们正在培养的一种文化。从那些麦氏豪宅和其他令人尴尬的建筑物来判断，大多数人也并不看重自己的住宅建筑。电子商店也一样。他们对建筑这样漠不关心有多久了呢？

如果我们把未来交付给冷漠的大厅橱柜，那么大衰退就是门把的转动。在贷款流动的过程中假如我们的文化对建筑漠不关心，很容易就能想到建筑将在新型经济中完全消失。信贷法规越来越严格，人们的期望越来越大，这会让人们空前严肃地发问："从金钱中我得到了哪些价值？"建筑师总觉得难以回答这一问题，因为在某些层面上，我们所面对的现象难以用金钱来量化。我们涉足的是美，是文化，是意义，要用金钱量化它们，不仅显得鲁莽而且难以做到。

但这并不能让人们停止发问。他们仍然会问，当我们给不出答案时，他们就会建造麦氏豪宅和家得宝。在某种程度上，他们一直在问同一个问题——至少从现代主义时期起。退回到那个时候，我们就可以信心十足地回答：建筑是宝贵的，因为它将拯救世界——而且，它是拯救世界的唯一出路！近代，我们竭力回避这样的问题。在以信贷为基础的经济中，我们可以这样做。我们的粉丝与赞助人拥有大量的贷款，不管怎么样，他们用的并不是自己的钱。是银行或者公众的钱。当银行没有钱的时候，我们知道，它会再向公众索取更多。

我们相信——有几分确定，30年来被人们忽视的问题（金融与建筑方面的）将再次遭遇人们的责问，要列出建筑业新方向的明细，我们可以此作为开端。就是这些问题引起了本书着墨于已经描述的十类建筑师。他们中的每一位都是对某一问题的反应，这个问题也许是建筑的价值、风险，也许是目的。但只是反应，并不是回答。当我们找到方法以解释、定义我们的价值的时候，答案就会产生。公众相信我们是专家，我们的判断无可指责——这并不是我们的价值之所在。华尔街巨头也犯了同样的错误。多年以来，我们一直听到这样的说法："我们是专家，我们知道自己在干什么，你的观点无关紧要，别管我们。"我可以很有把握地说，世界不会再容忍金融系统或者政府的这种态度了。既然如此，人们为什么会容忍建筑师这么说呢？

每座建筑都得到了精心设计——我渴望这样的一个世界。每座建筑都有着建筑师的印记，每个人醒来都会看到美丽的房屋、规划合理的城市、人性化的学校或者工作场所。从某种意义上来说，我仍然沉溺于现代主义的美梦之中。这并不是说我没有意识到现代主义者的错误，也不是说我钟爱他们的某种审美情趣。而是反对现代主义利他主义的野心以及它的形式特征，反对政治（无可否认，它是专横的）从社会中隐退。这是要使自己置身事外的行为。他们是做观察者、批评家、遁世者，而不是作为公民，也不是作为领袖。

人们都再次关心建筑——我渴望这样的一个世界。并不仅仅是批评家与学生这么做，每个人都如此。并不仅仅是在博物馆和市政大厅，而在所有的地方。我相信这样的世界是有可能建成的。我相信目前的经济危机就是肥沃的土壤，适合播种。但要让他们关心我们，我们就必须开始关爱他们。我们必须相信，有关金融、风险、公民权以及可持续性的问题都在建筑师的关心范围之内。忽视这些问题就等于向世界宣告"那些对你很重要的事情，我们并不关心。"我们可以想到，这个世界会这样回应："好啊，我们也不关心建筑。"也许它已经这么回应了。这样的想法一次又一次地让我觉得可怕，但是，在整个20世纪中，无论什么时候世界遭遇真正的经济灾害，都会有新的建筑崛起，这一事实让我觉得安慰。我们这一代有机会迎接这样的挑战，并与接下来的世界融为一体——不管它是怎么样的，为此我感到幸福。我们这一代有机会成为真正的"塑造者"，因为我们不仅会重塑建筑的形式，而且对如何实践以及更重要的一条——为什么实践有着全新的解释。

一位朋友问我，最近的经济危机是否改变了我，我承认是这样的。它让我更加乐观。与毕业的时候相比，我并没有更多的就业机会或者金钱，我也不期望危机会在最近的哪个时刻化解。但我的个人探索进行得如此顺利。我发现了建筑的真谛，这些日子以来我正朝着它的方向迈进。